夜《よ》桜《ざくら》さんちの大《だい》作《さく》戦《せん》

Mission: Yozakura Family

ひふみとあるふぁの成長記録編

原作 権平ひつじ
小説 電気泳動

小説 JUMP j BOOKS

夜桜《よざくら》さんちの大作戦《だいさくせん》　人物紹介《じんぶつしょうかい》

夜桜《よざくら》　六美《むつみ》

夜桜家《よざくらけ》の三女《さんじょ》で10代目当主《だいめとうしゅ》。忍《しのび》の能力者《のうりょくしゃ》を産《う》む者《もの》として兄妹達《きょうだいたち》に守《まも》られている。

夜桜《よざくら》　太陽《たいよう》

幼馴染《おさななじみ》の六美《むつみ》と結婚《けっこん》した夜桜家《よざくらけ》の婿養子《むこようし》。現在《げんざい》は金級《ゴールドランク》スパイに成長《せいちょう》。

夜桜《よざくら》　あるふぁ

双子《ふたご》の弟《おとうと》。
全国一位《ぜんこくいちい》の学力《がくりょく》を持《も》つ天才《てんさい》。

夜桜《よざくら》　ひふみ

太陽《たいよう》と六美《むつみ》の子供《こども》で、双子《ふたご》の姉《あね》。
極度《きょくど》のブラコン。

辛三《しんぞう》

夜桜家次男《よざくらけじなん》。金級《ゴールドランク》スパイ。
武器《ぶき》のスペシャリスト。

二刃《ふたば》

夜桜家長女《よざくらけちょうじょ》。金級《ゴールドランク》スパイ。
合気道《あいきどう》と柔術《じゅうじゅつ》の達人《たつじん》。

凶一郎《きょういちろう》

夜桜家長男《よざくらけちょうなん》。金級《ゴールドランク》スパイで
実力《じつりょく》もナンバー1《ワン》。

七悪《ななお》

夜桜家《よざくらけ》四男《よんなん》。銀級《シルバーランク》スパイ。
怪力《かいりき》にして医術《いじゅつ》に特化《とっか》。

嫌五《けんご》

夜桜家《よざくらけ》三男《さんなん》。銀級《シルバーランク》スパイ。
何《なに》にでも化《ば》ける変装《へんそう》の達人《たつじん》。

四怨《しおん》

夜桜家《よざくらけ》次女《じじょ》。銀級《シルバーランク》スパイ。
ゲーマー兼天才《けんてんさい》ハッカー。

切崎《きりさき》　殺香《あやか》

尾行《びこう》と暗殺《あんさつ》のプロ。夜桜家《よざくらけ》の
メイドとして仕《つか》えている。

アイさん

元《もと》「タンポポ」の構成員《こうせいいん》。
夜桜家《よざくらけ》の一員《いちいん》として生活中《せいかつちゅう》。

ゴリアテ

夜桜家《よざくらけ》の愛犬《あいけん》。
大神犬《おおかみいぬ》という特殊《とくしゅ》な犬種《けんしゅ》。

ネモ

ランドのクラスメイト。特技《とくぎ》
は人《ひと》の思考《しこう》を読《よ》み取《と》ること。

稲妻《ライトニング》・ランド

帝桜学園《ていおうがくえん》の生徒《せいと》で俊足《しゅんそく》が自慢《じまん》。
太陽《たいよう》を尊敬《そんけい》している。

Story.

事故で家族を亡くした朝野太陽が心を開くのは幼馴染の夜桜六美のみ。ところが六美の家は代々続くスパイ一家で…。超シスコンの凶一郎から暗殺されないように太陽と六美がとった手段は結婚！

夜桜家の一員となった太陽は、様々な作戦を遂行しスパイとして成長してきた。

小説版第３弾となる本書では、ついにひふみとあるふぁが登場！夜桜家の兄妹たちといっしょに、縦横無尽に大暴れ！

気になる中身は、ひふみとあるふぁが帝桜学園のお遊戯会で大活躍したり、凶一郎と太陽が仲良くなるために二人旅に出たり、おもちゃの戦車で兄妹たちが戦ったり、双子のために殺香が奮闘したり、みんなで年越ししたり……ここでしか読むことのできないエピソードが全５編収録されている。

権平ひつじ先生描き下ろしの両面ピンナップ＆各話挿絵と合わせて、ぜひ楽しんでほしい！

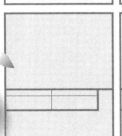

夜桜さんちの大作戦 contents
ひふみとあるふぁの成長記録編

To Do Mission

Mission:
Yozakura Family

帝桜学園お遊戯会

Mission:
Yozakura Family

「お遊戯会のお知らせ？」

あるふぁは凶一郎《きょういちろう》から渡されたプリントを読み上げた。

大部分が海中に作られた帝桜《ていおう》学園の校長室。ガラス張りの床の下には、大小様々な魚や、学園の番人、巨大鮫《ざめ》のレビヤタンが泳いでいる。

辛三《しんぞう》を偽《いつわ》りの結婚式から救出し、夜桜家《よざくら》が揃《そろ》ったころ。旦《あさ》についての情報を集めながら、並行して学園の授業を受ける日々を過ごすひふみとあるふぁは、凶一郎に呼び出されていた。

二人だけでなく、ネモとランドも一緒だ。すなわち、呼び出したのはひふみとあるふぁの伯父《おじ》としてではなく、帝桜学園の校長としての夜桜凶一郎だった。

執務机ではなく、応接用のソファの方に座り、テーブルを挟んで向かい合う凶一郎は、四人に渡したプリントについて説明する。

「帝桜は表の学校に比べると、予備校や訓練施設のような側面が強いが、お前たちのように通常の学校の代わりに通う者もいるからな。子供たちを集めた学校行事も開催している。ついては、お遊戯会の開催が決定した」

四人に配られたプリントには、お遊戯会の開催日や会場の案内とともに、かわいらしいクマやヒツジのイラストが印刷されている。女の子のイラストも描かれているが、そこはかとなく六美《むつみ》に似ていた。

「たのしそう」

つぶらな瞳を輝かせてひふみが言う。すると凶一郎が一応の釘《くぎ》を刺す。

「もちろん、これはただのお楽しみ会ではないぞ。きちんとした帝桜のカリキュラムの一つだ。お前たちの成長を発表する機会だと思うといい。俺の想像を超えるような創意工夫に期待する」

校長らしい教育者の面を見せる凶一郎。太陽《たいよう》と六美の高校で教師を務めていたときも、一般生徒からは評判だった彼だ。あれから五年が経《た》ち、教育者としての手腕にも磨きがかかっている。

「はぁ……はぁ……姪《めい》っ子たちのお遊戯会……たの……楽しみすぎる……っ！」

ただし、公私混同はありつつ。

ギリギリのところで抱き着いて叫び出すのを耐えている様子に気付かず、ランドはやや緊張気味の面持ちだった。

「……すげー……太陽さんの兄さんで夜桜家長男、無敵シスコンだ……」

とげとげのついたリストバンドにチョーカー、稲妻マークのタンクトップとパンクな恰《かっ》好《こう》をしたランドだが、背筋をピンと伸ばし、目をキラキラさせている。

「ある意味噂《うわさ》通りの人みたいだね」

先端に球体のついたアンテナが二本生えた、宇宙人を思わせるカチューシャをしたネモは、いつも通り視線をスマホに向けたままそう言った。

最初はきちんとスマホをしまって話を聞いていたが、凶一郎の性質を『見抜いて』、楽にすることにしたのだ。

ひふみとあるふぁより先に帝桜にいた二人だが、凶一郎の校長就任は最近で、これが初対面である。

さらに言えば、学校行事に参加するのも初めてのことだった。

「それでは台本を配るぞ」

凶一郎が、今度は赤い画用紙を表紙に、何枚かのコピー用紙をホッチキスで留めた台本を配る。

見ると、ニッコリと笑ったカニと、笑顔の六美っぽい女の子とが描かれていた。

「さるかにがっせん？」

ひふみが声に出して表紙の文字を読む。

ずるがしこいサルにいじめられたカニが、仲間を連れて仕返しをするという昔話だ。そして、お遊戯会の定番でもある。

「このお話知ってる～。復讐《ふくしゅう》を誓って盃《さかずき》を交わすシーンが熱いんだよね」

ネモが反応すると、ランドが「わかってねえなあ」と首を振る。

「いやいや、親の墓前に煙草《たばこ》を供えるシーンが渋くて……」

さるかに合戦《がっせん》は、現代向けにアレンジされた様々なバージョンがあり、スパイの子供向けに改変されたものも多い。スパイ業界の童話は、やはり裏社会の仁義について説くものになるのだった。

「待った。お遊戯会ならもっと一般的なバージョンだろ」

好きなバージョンのさるかに合戦についての談義を止《や》め、あるふぁは台本の中身を確認する。

「……って、あれ？」

しかし、そこにはほとんど何も書かれておらず、「サル役　夜桜凶一郎」という配役以外は白紙となっていた。どれだけページをめくっても、白紙が続くばかりである。

戸惑う四人に向け、凶一郎が説明する。

「人数が少ないからな、敵となるサルの役は俺がやろう。だがそれ以外はお前たちが決めていい。四人で作れる最高の劇にするのがミッションだ」

凶一郎はニヤリと笑う。元々常に笑顔なのに、笑ったのがわかるのが不思議だと、ひふみとあるふぁは思った。

「本当は負け役など『ヤツ』に押し付けようかとも思ったのだが、お前たちの成長をこの身に受けるメリットの方が大きいと判断した」

『ヤツ』が太陽のことを指しているのは言わずもがなだった。

ネモがスマホから顔を上げ質問する。

「決めていいって……ストーリーもですか？」

「ああ」

「キャラクターも？」

「好きにするといい」

「……へえ。なかなかのミッションですね」

さるかに合戦というベースは決まっているものの、そこまで自由だとほとんどオリジナル作品を作るようなものだ。原作に忠実にすることも可能だが、帝桜のお遊戯会でその程度のものが求められていないことは、みな百も承知だった。

「お遊戯会は保護者含め一般公開される。その反応でミッションの成功を判定しよう。お前たちの健闘を祈る」

「パパとママも見に来るのか。がんばらなきゃ」

「たっ、太陽さんが見に来るのか⁉」

あるふぁの呟《つぶや》きにランドは大声で反応する。

「ここで俺が大活躍すれば、俺を養子にしてくれるかも……」

「おい、そんな計画許すと思うか？」

あるふぁは額《ひたい》に怒りマークを浮かべて、α時計《あるふぁウオッチ》の銃口を向ける。

「やってみろよ。お前のスピードじゃ俺についてこれないのは証明済みだろ」

「いつの話をしてるんだ？　α時計は当然改良済みだよ稲妻《ライトニング》（笑）いや、静電気くん」

「んだと、もやしやろう！」

そうして校長室で戦闘が始まる。そのスピードを活《い》かし縦横無尽に駆け回るランドと、それを追って電気銃を乱射するあるふぁ。

空を裂く稲妻の音と、爆発音で部屋は騒々しくなる。

「始まる前から不穏だねー」

「二人ともすごーい」

まるで他人事《ひとごと》のようなネモと、のんきにズレた感想を言うひふみが、喧嘩《けんか》の様子を傍観していた。

「では、準備を始めろ。俺は席を外すが、台本は本番前に渡してくれればいい」

凶一郎もあるふぁとランドを止めることはせず、本番録画用の高性能カメラの調達に向かった。


「それでは第一回、脚本会議を始めます」

お互いの体力が切れたところで一時休戦の申し入れがなされると、眼鏡《めがね》をかけたあるふぁの進行で、やっと本題が始まった。

「……なんでお前が仕切るんだよ、俺が一番年上だろ」

ランドが突っかかり、やっと収まった喧嘩が再開しそうだったが、ひふみがフォローに入る。

「あるふぁ、本たくさん読んでるよ。とっても頭いいんだよ」

「適役じゃない？　ランドは漫画しか読まないし」

ネモも同意し、少数派となったランドはおとなしくなる。悔しそうにしつつも、あるふぁの仕切りを認めた様子だった。

「じゃあ続けるよ。まずはシナリオだけど、どのさるかに合戦をベースに、どれくらいのアレンジを加えるかが問題だと思う。知っての通り、さるかに合戦には様々なバージョンが存在する。最近のものは最後にサルとカニが仲直りするけど、出版が古いものはサルが死んじゃって終わりだったりするんだ」

「え、『オトシマエ』つけるシーンは？」

「それはスパイ向けのものだけ」

ひふみの質問にあるふぁが答える。夜桜家で六美が二人に読むのはこのバージョンだった。

あるふぁが続ける。

「それで、そのたくさんの改変バージョンのそれぞれにメッセージ、テーマがあると思うんだ。さるかに合戦という物語として、一番重要な部分。それが何か、今回はまずその認識を揃えたい」

そう言いながら、あるふぁは手元のα時計を操作する。

「……ということで、まずいろんな絵本作家が描いたさるかに合戦の電子版アーカイブを取り寄せてきた。百冊」

「ひゃく⁉」

驚くランドをおいて、α時計が発光し、プロジェクターのように壁に画像が映写される。無数のさるかに合戦の表紙が右から左へ流れている。それだけで百冊がどれほど膨大な数か伝わってくる。

「まずこの百冊を読んで、それぞれ感想文をまとめてください。一冊につき、四百字詰め原稿用紙二枚くらいとして、八万字弱かな。そのあと、それぞれが一番伝えたいメッセージが何かを出し合って――」

「ちょ、ちょっと待ったー！」

これには思わずランドがツッコミを入れる。

「そんなかったるいことしてられっかよ！」

「何言ってるんだよランド。物語においてテーマはもっとも重要だろ？」

何を馬鹿なことを、と呆《あき》れ顔のあるふぁに、ランドが反論する。

「そんなのカニがサルを倒してめでたしめでたし、で終わりだろ？　何でそんなに考えることがあるんだよ」

「……はぁ」

ため息で一呼吸入れると、あるふぁは語り始めた。

「その認識が間違ってるよ。さるかに合戦には教育的メッセージがいくつも盛り込まれているんだ。まず冒頭。サルがカニに『種から育てた方が、たくさん柿が食べられてお得だ』と言っておにぎりと柿の種を交換するシーン。ここでサルは、嘘《うそ》はついていない。自分で価値を想像することができないカニは、サルの知識に頼ることになったんだ。けれど、カニは、柿が生《な》っても自分で収穫ができないことは想像できなかったし、サルはそんなデメリットについては説明しなかった。ここからは、情報の格差が生み出す悲劇が学べる。次に復讐を誓うシーンだけど、サルは欲に目がくらみ他者を傷つけたから敵意を抱かれたんだ。苦しい境遇にある者はいつか反旗を翻す。共存する必要があったんだね。さらに言えば、復讐に加担した蜂《はち》や栗《くり》たちは、サルには何の恨みもない。けれど、それぞれの信じる正義の下で復讐を善《よし》としたんだ。これは……」

「……だぁぁあ！　うるせえ！」

大量の情報を詰め込まれ目が回ったランドは、耳を塞ぎながら叫んだ。

「あるふぁ君詳しいね」

「あるふぁ、かっこいい」

一方、ネモとひふみの女子陣からは好評だ。あるふぁはこのまま、全員に読書感想文を宿題として課そうとする。

「でもさ」

しかし、ネモはそれをそのままにはしなかった。

「これはうちらの『さるかに合戦』なんだからさ、もっと自由にうちらのやりたいことを考えた方がいいんじゃない？」

「……それは確かに……。でも、テーマを決めないと、物語はバラバラになっちゃう」

「じゃあ、あるふぁ君がテーマを決めてよ」

虚を衝《つ》かれ、あるふぁは大きく瞬《まばた》きをした。

ネモはニヤリとしたまま続ける。

「さるかに合戦と一緒だよ。それぞれが得意なところで勝負する。あるふぁ君は頭がいいから、うちらの個性をうまくまとめられるいいテーマも思いつくでしょ？　それに、誰もあるふぁ君みたいに百冊の感想文なんて書けないし」

そう言われ視線をやると、無理無理と首を振るランドと、あまり理解していない様子のひふみがいた。

「でも、いいのか？　俺が決めたテーマで。俺が物語の全体を決めることになるんだぞ」

「ひふみ、あるふぁの書く話がたのしみ」

あるふぁだいすきひふみはノータイムで賛成した。

「あるふぁ君なら大丈夫でしょ。そもそも、誰かがまとめないと多分完成しないし、まとめ役ならあるふぁ君しかいないよ」

ネモも指で輪っかを作ってそれぞれの顔を覗《のぞ》きながらそう言う。

残るランドは目を逸《そ》らした。

「……まあ、さっきの資料とか、お前ができるやつなのはわかった。俺の方が太陽さんの息子にふさわしいけどな……」

そう言って頬《ほお》を掻《か》くランド。あるふぁが怒らないのは、それが照れ隠しなのがわかったからだ。

「いいぜ、お前に任せて」

ランドは拳を突き出す。あるふぁはその様子を見て、頬を緩めた。

「わかったよ。俺がテーマを決める」

ランドの拳に、あるふぁの拳が合わさった。

「「おー」」

和解の瞬間に、ネモとひふみがぱちぱちと手を叩《たた》く。

ネモの言う通り、苦手な人に無理を言っても仕方がない。それに、皆の期待に応えたい気持ちもある。あるふぁは、結果的に説得に折れた形になる。

賢く、精神年齢も高めのあるふぁだが、この場ではネモがコントロール役となるようだった。いい意味で力の抜けた彼女は、状況を俯瞰《ふかん》して見ることができる。

「じゃあ、話をまとめながらテーマを決めるよ。だからみんな、まずは自由にやりたいことを言ってみて」

「ブレストだね」

「ブレスト？」

ネモの言った未知の単語をひふみが聞き返す。

「ブレインストーミング。いいとか悪いとか無視して、何でもいいからアイデアを出すっていう議論方法だよ」

「なんかかっこいい！」

「ストーミング……嵐か。稲妻《ライトニング》の二つ名を持つ俺にぴったりだぜ」

雰囲気で喜んでいるひふみと、意味はわかっているもののどこかズレているランドに、あるふぁからのツッコミはなかった。

「じゃあ、俺が書記をするから」

あるふぁはそう言うと、α時計を介して、空中に光る仮想ディスプレイを表示する。これをホワイトボードのようにして、議論を進めようということだった。

「はい！」

まずは元気よくひふみが手を上げた。

「お姫様が王子様のキスで目覚めるシーンがやりたい！」

「いやそれさるかに合戦じゃなくて白雪姫《しらゆきひめ》だし……」

「ひふみが王子様、あるふぁがお姫様で」

「まさかの男女逆転⁉」

思わずあるふぁはツッコミを入れてしまう。

「いいじゃん面白そうで」

スマホをいじったままのネモが言う。

「ブレインストーミングでは、人の意見を止めるのはＮＧだよ」

「……じゃあ一応書くけど」

あるふぁはしぶしぶと言った感じで、「王子のキスで姫が目覚める（男女逆転）」と記す。

今度はランドが、挙手を挟まずに発言する。

「戦闘シーンはド派手にやろうぜ！　火薬、ワイヤーアクション、変形ステージとか！」

予算が……と言いかけて、あるふぁは飲み込む。さっき言われた通り、他人の意見を否定しないというのはブレストの唯一にして最重要のルールだ。

普段からひふみに振り回され常識人として振る舞うことが多く、ついついツッコミが癖になってしまっているが、今は我慢の時だ。

それに冷静になると、この四人ならそれほどコストをかけずに実現可能そうでもある。

「ひふみも飛びたい」

「な？　いいよな？」

同意を得てランドは満足そうだ。ボードに「装置を使った戦闘シーン」と書かれる。

それからも、ミュージカルにする、客席から登場する、日替わりで脚本が変わる、など様々なアイデアが出てくる。そのどれもが、ひふみとランドからのアイデアだった。

「あるふぁ君はいいの？」

ネモが書記に徹しているあるふぁに質問した。

「大丈夫。俺は最終的に脚本に起こすとき、好き勝手できるから」

「こいつ、堂々と劇を私物化するような発言したぞ」

ランドの不満もあるふぁは涼しい顔でスルーする。

「それより、ネモこそアイデアないのか」

逆にあるふぁが質問を返す。

「あたしも何でもいいけど、そうだなあ……」

ネモはずっと触っていたスマホから目を離し、天井を見上げた。

「さるかに合戦のキャラクターって、カニとサル、あとは蜂、栗、臼《うす》だよね」

「え？　そうだけど、どうかした？」

「正直どれもイマイチ。変えちゃおうよ。校長先生も言ってたでしょ。キャラクターも自由だって」

あるふぁも確かにそれは聞いていた。そもそもバージョンによっては、昆布や包丁、ヘビが登場することもある。追加キャラクターは想定されているアレンジの範疇《はんちゅう》だろう。

「ネモは何がいいと思うんだ？」

「私、魔女がいいな」

「魔女？　何の動物？」

「いいや？　人間だよ」

「人間……。これはまた大胆な」

あるふぁはカニだの蜂だのの一行に人間が加わる絵を想像した。絵本なら唐突だが、舞台ならちょうどいいのかもしれない。

ネモは足を組み、頬杖《ほおづえ》をつきながら続ける。

「西の森の奥深くに住んでいて、時々薬草を売りに街に出てくるの。得意料理はチェリーパイで、森に迷い込んだ子供がいると振る舞ってあげる。街に出てくるときは優しい老婆の姿なんだけど、それは魔法で変えた姿で、本当は美しいブロンドの髪と、深紅の瞳をした若い女性なの。姿を変えているのは魔女狩り対策なんだけれど、そのせいで子供たちは森の中で会った不思議なお姉さんが誰か、知ることはないんだ。相手が子供でも真の姿を晒《さら》すのは危険なんだけど、それでも彼女が迷子を助けるのを止めないのは、過去にある出会いがあったから。もともと他人との関わりを避けていた魔女の元に、とても澄んだ目をした少年がやってきて……」

突然、練り込まれた設定を並べるネモに、三人は思わず静聴していた。ある程度話し終えたところで、ネモが三人の様子に気が付く。

「……とかね」

「きょ、興味ない風に見せかけてぶっこんできた……！」

今の長尺セリフがなかったかのように、ネモはスマホを触りだした。

「まあ、あくまで一例だからさ。みんなのアイデアを優先してもらって——」

「ずるい！　俺もそういうかっこいい役がいい！」

「ひふみも！　ひふみも！」

一歩引いたネモの言葉を遮って、ランドとひふみが声を上げた。

「いやいや。そんな設定詰め込んだらいよいよ収拾つかないよ」

興奮する二人のはしごを外すように、ネモが「ないない」と手を振った。

しかし、ネモの否定を今度はあるふぁが止める。

「ううん。いいアイデアだよ。シナリオは描ける尺が決まってるけど、キャラクターの設定は、物語中に明言しなくても作り込まれてるほどいい。それに、キャラクターに個人の趣味を詰め込めば、演技にも熱が入りやすい」

ツッコミこそ入れたものの、あるふぁもネモのアイデアには賛成していたのだ。

「じゃあ俺は――――！」

そこからは、各々《おのおの》がやりたい役に付いて設定を盛りに盛る流れができた。

議論はさらに白熱し、最終的にはこうなった。

あるふぁ、カニの王子様（イケメン）（姉のことが大好き）。

ひふみ、カニのお姫様（王子の姉）（超強い）。

ランド、かつて英雄に封印された古《いにしえ》の龍《りゅう》（片目にはそのときにつけられた傷があり、時々疼《うず》く）（超超強い）。

ネモ、魔女（ここには書ききれないほどの設定）。

と、「さるかに合戦とは？」という哲学的な問いが出るような配役となった。

サルとカニの登場だけは死守したあるふぁの好プレーが光る。

「じゃ、じゃあこれで脚本起こしてくるから」

広がりすぎた風呂敷に頭を抱えたくなりながらも、どこかやりがいを感じて、あるふぁの執筆ターンが始まった。


帝桜学園には多目的スペースがあり、申請すれば学生は自由に使用することができる。

小学校の教室を二つ繋《つな》げたような大きさのその部屋は、壁が防音防火仕様で、裏社会の人間が「いろんな目的」で使っても問題ない設計となっている。

ひふみたちも部屋を借りて、劇の練習の真っ最中だった。

「もっと感情を込めて！」

あるふぁの怒号が飛ぶ。キャスト兼、演出兼、脚本兼、総監督という多大な責務を負いながら、働きまくっていた。

「お、鬼監督」

「厳しい」

「がんばるあるふぁ、かっこいい」

顔に疲れの見えるランドとネモに対し、ツヤツヤのひふみ。三人は片手にたくさんの赤ペンが入った台本を持って、汗を流していた。

ちなみにあるふぁは既に暗記済みである。

「……よし。じゃあ五分後にもう一回合わせるから、各自指摘されたところ確認して」

そういってあるふぁはその場を離れた。

他のメンバーが台本を再確認している間、あるふぁは休まず、スタッフチームの様子を確認しにいく。

「辛三おじちゃん、進捗はどう？」

同じ多目的スペースで、木材に釘を打つマッチョな伯父に声をかけた。タオルを首からかけたその逞《たくま》しい肉体は、作業姿をまるで本職のように見せた。

道具と舞台を兼ねた「美術担当」として、辛三が抜擢《ばってき》されていた。

「お疲れあるふぁ。明日には基本的な機構が完成するよ。七悪《ななお》も手伝ってくれたしね」

辛三が釘を打つ木材の反対側で、台を押さえていた七悪がピースした。

ランドの「ド派手なアクションをやりたい」というアイデアを実現するため、人間発射装置の製作中だった。

「ありがとう。いろいろ無茶な要望を言っちゃったけど、問題は発生してない？」

あるふぁの質問に辛三が答える。

「大丈夫。……ただ、今のみんなの体重で計算して設計してあるから体重増加には気を付けてね。発射失敗すると火だるまになるか粉々になっちゃうから」

「さっき僕の細胞で作ったスライムでテストしたらこれ」

七悪が手のひらサイズになった燃えカスを見せてくれた。

「これ、元のサイズって……」

「うん、ちゃんと人間くらいの大きさだったよ」

「わ、わかった……」

ほぼ跡形もなく消えたそれにあるふぁの血の気が引いた。恐怖心があると逆に失敗しかねないため、あるふぁはみんなにこの情報を伏せておこうと決めた。

代わりに、あるふぁの方で体重管理、安全管理を徹底することになる。

そのためには、当日の衣装の重さも把握しておく必要がある。

「ちょうどいいや。嫌五《けんご》おじちゃーん」

その足で、その隣にスペースを作って作業している嫌五の下へ向かった。組み立て式の長机にミシンを置いて、大量の布に囲まれている。

「お疲れ様っス監督!」

茶化すようなテンションで嫌五が挨拶をする。あるふぁはくすぐったいような気持ちで苦笑した。

「やめてよもう。今どんな感じ?」

「カニ王子とカニ姫はほとんどできたぜ。あとは装飾を付けたら完成だ。取れやすいから練習中は無しで、本番直前に完成版を着るのがおすすめ」

「そうなんだ。でも一回完成時の重さを測りたいから、できるだけ本番に近い状態のものを作ってほしいかも」

「重さ？」

嫌五が聞き返す。

「うん。辛三おじちゃんに作ってもらってる発射装置に体重制限があるからさ」

あるふぁの回答を聞いて、嫌五は顎《あご》を親指と人差し指で挟み、思案する仕草をする。

「なるほどな。なら、装飾は付け替え可能にするってのはどうだ？　そうすれば、当日多少お前らの体重が変わってても、それに合わせた重さの装飾に変えて、衣装と合わせて一定の重さになるようにできる」

「わ、それ良いね！　ありがとう！　辛三おじちゃんに詳しい数字確認しておくね」

こうしてセクション間での情報伝達をスムーズにするのも監督としてのあるふぁの役割だ。

「あるふぁー。照明と音響の自動化済ませておいたぞ」

「ありがとう四怨《しおん》おばちゃん。明日の通し練習で使わせてもらうね」

嫌五の用意した布素材をクッションにして寝そべる四怨が手を上げ、あるふぁに声をかける。舞台や衣装の製作よりは作業が少ないものの、ゲームの片手間にあっという間に完成させるのは流石《さすが》四怨といったところだ。

このように、監督あるふぁは、伯父や伯母《おば》を鮮やかに指揮してみせている。

お遊戯会は、大人《おとな》の協力も禁止されていない。むしろ、協力を仰ぎながら、あらゆる手で作品のクオリティを上げることが推奨されている。四人以外が出演することだけは許されていないが、他のところではどんどん頼るのが王道だ。

とはいえ、頼るのも簡単なことではない。頼れる相手を持ち、適切に仕事を振るのは、頼る側の手腕が問われるところだ。

「しかしよく働くな」

四怨が、忙《せわ》しなく動きまわるあるふぁを眺めながらそう言った。ミシンを止めて嫌五が答える。

「そうだな。本人もそうだし、俺たち兄妹《きょうだい》に仕事を振れるのも、当主としての片鱗《へんりん》ってやつを感じるわ」

「そういえばその当主様とその旦那は？」

「あ！　ママとパパには秘密だからね」

横からあるふぁがツッコむ。

「二人には当日驚いてほしいんだ！」

そういって、人差し指を立ててウインクした。

「か、かわええ～……」

そのいじらしさに四怨と嫌五が失神しかける。

そのとき、多目的スペースの扉がノックされた。返事をすると、九人分のお茶とお茶菓子をバランスよくお盆に載せた二刃《ふたば》が入ってくる。

「よく頑張ってるね。お茶が入ったから休憩にしな」

最近は練習中の定番となってきた、差し入れタイムだ。

「「はーい」」

練習中の子供たちと一緒に、美術や衣装の作業をしている兄妹たちも手を止めて集まってくる。

「おせんべいもあるからね」

「わあい」

「おっと、手を洗ってからだよ。手を洗ってきたらおまんじゅうもあげるからね」

とてとてと寄ってきたひふみがくるっと進行方向を変え、水道の方へ向かう。ランド、ネモ、あるふぁもそれに続いた。さらにその後ろに、ぞろぞろと大人たちも続く。

「おばあちゃんムーブだ」

すれ違いざまにそう言った嫌五の頭に二刃の鉄拳が入った。

練習に熱が入っていた分、休憩では和やかな雰囲気が流れる。

「夜桜に……太陽さんのご家族に囲まれてるぞ俺……」

いまだに憧れの熱が冷めないランドは少し肩に力が入っているものの。

「どうだい、調子は？」

二刃がお茶をすすりながらあるふぁに尋ねた。あるふぁは口の中のまんじゅうを飲みこんでから答えた。

「順調だよ。おじちゃんたちも手伝ってくれるし。それに、ランドもネモもひふみも、みんなやっぱり動きがいいよ。前の幼稚園じゃこんなことなかったから」

「……なっ、おっおう……。きゃ、脚本もいいしな。俺らが活躍するようになってるから熱が入るっていうか……」

突然の褒めに、顔を赤くするランド。

「テーマが素敵だよね」

「うん。キスシーンは入れてくれなかったけど」

ネモとひふみも脚本の良さに同意する。

「へえ。どんなテーマなんだい？」

「友情パワー！」

ひふみが元気よく答えた。

それだけだと元気なだけのテーマに聞こえるところ、あるふぁが補足する。

「カニ一人じゃ達成できなかった敵討《かたきう》ちも、みんなとならできる。ブレストしながら、この四人ならって思える物語にしたかったんだ」

あるふぁの説明に、三人も頷《うなず》いた。

「うぅ……えらい子たちすぎて既に泣ける」

辛三が子供たちの健気《けなげ》な姿に涙腺を緩ませた。

出会ったときや、脚本決めでは揉《も》める部分もあったが、同じ目標に向かえば、心の距離は縮まるものだ。

「あとは、本当は凶一郎おじちゃんとも合わせておきたいんだけど……」

「本番までは忙しいんだって」

まんじゅうとせんべいを片手それぞれに持ち、甘いとしょっぱいを反復横跳びしながら、ひふみがあるふぁの言葉に補足する。

「忙しい……ね」

二刃は一瞬目を鋭くした。しかし、子供たちの中でそれに気付く者はいなかった。

「校長なら大丈夫だろ。それより、俺の登場シーン練習しようぜ。やっぱりもっと火花増やした方がかっこいいだろ」

「まだ増やすの。昨日《きのう》二倍にして満足そうだったじゃん」

「俺は限界を決めない男なんだよ」

呆れるネモにツッコまれたランドは、ぐいとお茶を飲み干すと、指を真っすぐ伸ばして太ももの横につけ、深々とお辞儀をする。

「ごちそうさまでした！」

「お粗末様。いつもいっぱい食べてくれるからこっちが嬉《うれ》しいよ」

その穏やかな笑みに、「やっぱりおばあ……」と言いかけた嫌五のたんこぶが増えた。

そうして練習の日々は過ぎ、本番前日となった。

あるふぁは自室で、リハーサルの映像を確認していた。眠い目をこすりながら、明日《あした》に向けて最終チェックをする。

いい出来だ。みな、生き生きしている。練習通りにできれば、最高の劇となるはずだ。

あるふぁはそう確信していた。

「あるふぁー？　入るわよー」

「え、あっ、待って！」

ドアの外から六美の声がして、あるふぁは慌てて映像を止める。本番までは六美にも太陽にも内容は秘密だ。

机の上にネタバレになるようなものが出ていないことを確認してから「どうぞ」と返事をする。

扉を開けて現れた六美は、ゆったりとしたナイトローブを纏《まと》っていた。

「遅くまで頑張ってるのね」

「うん。楽しみにしててよ」

「言われなくても楽しみよ。でも、そろそろ寝た方がいいわ」

叱《しか》るのではなく、優しく諭すように六美が言う。それでもあるふぁは夜更かしを指摘され、きまりが悪いような苦笑を見せた。

「うん、もう寝るよ。自分が安心するために最終確認していただけなんだ。みんな頑張ってくれたから、練習通りやれれば絶対成功する」

「練習通り……ね」

六美には思うところがあり、その言葉を復唱した。何か言いたそうな母の顔を、あるふぁが覗き込む。

六美は、微笑《ほほえ》みを絶やさず、口を開いた。

「あるふぁ。頑張っているあなたにだからこそ、言っておきたいんだけどね」

そう言って、ギュッとあるふぁを抱きしめる。

「ママもパパも、『あなたたちが頑張ってる』、それだけで嬉しいんだからね」

「ママ……？」

あるふぁは、その言葉の意味を考えた。それは、「もし失敗しても落ち込むな」という意味だろう。そこまではわかる。しかし、どうして母が今わざわざ言葉にしたのかについては、想像がつかなかった。

自分も姉も、ネモもランドも一生懸命に練習したし、能力だって高い。ただのお遊戯会で失敗するはずがないのは、客観的に見て明らかだと思った。それでも、こんな直前に言うほどの理由があるはずだ。

考えられるとすれば……まだ練習に参加していない伯父についてだが……。

しかし、胸の中で安心感に包まれていると、それを考える必要はないのだということもまた、メッセージとして伝わってくる。

あるふぁは、絶えず回転し続ける思考を抑え、今日はもう寝ることにした。


「……こういうことか……っ！」

前夜に六美が言った言葉の意味を、あるふぁはようやく理解した。

お遊戯会当日。開演して十分後。

順調に劇は進んでいた。一人二役を担うあるふぁこと親ガニがサルに騙《だま》され、子ガニが敵討ちの仲間を探し、七つの海を越えた。

集まったカニの王子、カニの姫、ドラゴン、魔女がサルの家に向かうところまでは、順調そのものだった。

だが、練習の成果を十分に発揮し、名演技を見せられたのはここまでだった。

待ち受けるサルの家がおかしい。いや、これは家と言うよりは……。

「城じゃん!!」

ランドが叫ぶ。

そう。予定では、木工パネルで外観だけを作ったものが置かれているはずだったところに、石で組まれた西洋風の建築物が登場している。

イメージは、ロミオとジュリエットに出てくるバルコニーを石で再現したような形だ。

そして凶一郎が、二階バルコニー部分から身を乗り出し、子供たち四人を見下ろしている。

「はははは! お前たちが敵討ちに来ることはわかっていた! 返り討ちにしてくれる

わ！」

凶一郎が台本を完全に無視したのだ。あとはやられるばかりだったはずのサルが、対抗してきている。しかも、ノリノリで。

観客のほとんどは、これがアドリブであることに気が付いていない。練習に付き合い、本来の展開を知っている夜桜の面々が、この展開に驚いていた。

「やっぱりこうなったね」

ただ、中でも二刃は落ち着いた様子だった。

「気付いてたの？」

七悪が二刃に尋ねる。ちなみに七悪は後ろの人が見やすいよう、身体を縮めた本来の体型モードで観戦中、もとい観劇中だ。

「凶一郎は確かに多忙だが、それだけでひふみやあるふぁとの時間を作らないなんてのはあり得ない。何か企みがあるのは明らかだった。……六美も予想していただろ？」

二刃に言われ、六美は困ったように笑った。

「なんとなくだけどね。でも、太陽とも相談して決めたの。凶一郎兄ちゃんなら、きっとあの子たちのことを考えてくれてるって」

「だから俺たちは信じて見守ることにしたんです」

六美の隣で太陽が笑う。やわらかいが、父としての頼りがいを感じさせる落ち着きがあった。

「あれで肩書は校長だ。突然の事態への対応力と、悪役の自分を倒せるだけの力があるか試験しているってところだね。練習に参加しなかったのは、子供たちがどういう技を使うかまで知っていたら、流石にフェアじゃないと思ったんだろう」

「なるほど……そう聞くとちゃんと考えられているみたい」

辛三が納得して頷いた。

「四人とも続行するみたいだな。えらいえらい」

嫌五が楽しそうに言う。

隣の四怨の表情はややシリアスだった。

「頑張りは買うが……凶一郎の想像は超えられてないみたいだな。こりゃどうする？」

四怨の言う通り、舞台上では四人が苦戦を強いられていた。

「α時計特殊変形、『蟹《キャンサー》』」

あるふぁが腕をかざすと、α時計から鬱金《ウコン》が変形し、巨大な鋏《はさみ》になる。今回の劇に合わせて新たに作った形態で、「親から受け継いだこのハサミでトドメを刺す」という感動の展開になる予定だった。

「いい攻撃だ。カニの要素をしっかり拾いながら、切れ味も鋭く、威力も申し分ない。何より変形速度が素晴らしい。お前の頭脳があってこそのものだ」

しかし、その鋏は閉じられる前に、凶一郎の鋼蜘蛛《ハガネグモ》によって動きを止められてしまう。

「だが、チョキが来るとわかっていて負ける馬鹿はいない」

凶一郎の動きとともに、鋏は分解されてしまった。

「ぴよーん！」

あるふぁの苦戦を見てすぐにひふみが次の攻撃を繰り出す。

「いつもの攻撃のように見えて、いつもより振りかぶりが大きい。遠い客席からでも見やすいように工夫したんだな。結果、威力も上がっている。ただ、その分防御するには十分な時間が出来てしまっているぞ」

特殊合金桜金《さくらがね》で出来たひふみよーよーを凶一郎に投げつけるが、編み上げられた糸の壁によって防がれていた。高速で回転していたヨーヨーは、次第にその速度を失っていく。

「ひふみ！　そのまま！」

ヨーヨーの回転が完全に止まりきる前に、ランドが追撃する。雷光のごときスピードで城の壁を駆け上がり、凶一郎の頭上を取った。

「いくぜ……ドラゴニックミョルニル！」

六歳にしてランドを銀級《シルバーランク》まで押し上げたこのスピード。それを存分に活かし、まるで落雷のように蹴りを落とす。あるふぁと二人で考えた技名だ。

「やったか？」

「ちょっとランド。そんなフラグでしかないセリフ言ったら……」

ネモのツッコミの通り、ダメージを受けた様子のない凶一郎が、攻撃を受けた袖の埃《ほこり》を払った。

「噂通りの有望株だ。このスピードなら、スパイ界でも付いてこられる者はほとんどいないだろう。威力も悪くはないが……、威力とはスピード×重さで決まる。いくら速くても、お前ではまだ重さが足りないな」

そんな様子を、ネモが指で輪っかを作って覗き込む。

「うーん。ダメージ二パーセントってところかな。ひふみちゃんのぴよーんが当たれば十三パーセントくらいは削れそうなんだけど」

「いい観察眼だ。灰《かい》が、後釜を任せられるんじゃないかって期待していたぞ」

凶一郎は近い能力を持つスパイ協会の会長の名を上げた。

「だが、見抜いた情報も使えなければ意味がない」

同時に、彼にあってネモにはない部分も指摘する。

四人は集まり、一度凶一郎から距離を取った。準備してきたそれぞれの技が、凶一郎には通用していない。

攻めあぐねた四人は、舞台上で膠着《こうちゃく》状態となる。

「兄ちゃんってば、大人げないなあ」

観客席の七悪は苦笑いした。

「どうする？　野次るか？」

「やめときな」

どこかウキウキの嫌五を二刃がたしなめた。

「でも、せっかくあんなに準備したのに、可哀想《かわいそう》だよ」

「まだあたしらも任務に出てなかった頃の歳《とし》だし、厳しいよな」

辛三が伏し目になりながら言うと、四怨も同意した。

「大丈夫だよ。あの子たち、まだ諦めてない」

しかし、二刃の言う通り、四人はいまだ凶一郎に対峙《たいじ》している。

「ひふみ……あるふぁ……」

六美は我が子の劇の成功を祈りながら、隣の太陽の手を握った。太陽も強く握り返した。

「いつまでそうしている気だ？　公演時間は決まっているんだ」

舞台上では、凶一郎が懐から柿を取り出した。正確には小道具で使った、柿の形のゴムボール。

「このままではハッピーエンドにならないぞ」

「危ない！」

凶一郎が柿型ゴムボールをあるふぁに向かって投げつけると、ひふみが身を挺《てい》してそれを庇《かば》う。あるふぁが押し倒され、ひふみが覆いかぶさるような形になった。

「いてて……まさか攻撃してくるなんて……。……ひふみ？」

あるふぁは起き上がるが、ひふみの身体《からだ》には力が入らないままだ。

「ひふみ！」

見ると背中に食い込んだ柿が、てんてんと落ちるところだった。

何シーンか前と同じ。柿の投げつけで親ガニがやられた時の映像と被《かぶ》る。今度はひふみが動かなくなってしまった。

「ひふみ……！」

あるふぁは介抱のため、ひふみを仰向けに寝かせた。ランドとネモも心配そうに集まってくる。

あるふぁはひふみの肩をゆすりながら、凶一郎や観客に聞こえないように小声で話しかけた。

「ひふみ……起きてるな？」

あるふぁは見逃さなかった。気を失っているはずのひふみが、両手を胸の前で組むのを。

「……起きてないよ。王子様のキスだったら目覚めるけど」

目を閉じたままのひふみが小声で言う。思えばあの柿はあるふぁが怪我《けが》しないように辛三と七悪特製の超柔らか素材で作られている。ダメージになるはずがないのだ。

あるふぁはこめかみに手を当て、ため息をついた。

「そういう話か……。だからそれはやらないって」

むくり。ひふみは諦めて身体を起こした。そのままあるふぁの顔を見つめる。

「そう。あるふぁが言った。この話のテーマは恋愛じゃなくて、友情。仲間と協力するパワー」

「何の話だ？」

ランドが訝《いぶか》しげに片眉を上げた。ネモ、あるふぁと顔を見合わせるが、二人もピンと来ていなかった。

ひふみはさらに説明をする。

「あるふぁがおしえてくれたんだよ。協力すれば何でもできるって」

「何でもとは言ってないけど……」

「でもおじちゃん倒せるでしょ」

ひふみは当然のことのように言った。自分も渾身《こんしん》の技が簡単に受け止められたというのに。しかし三人は、ひふみがやけになっているわけではないことを理解していた。

彼女が何を言おうとしているのか、耳を傾ける。

「ひふみたち、もっと協力できるよ。まだバラバラだもん」

ランドは腕を組んで、頭を悩ませた。

「バラバラって……、俺たち結構仲良くなったぜ」

「うん。私たち、ひふみちゃんもあるふぁ君も好きだよ」

「なっ⁉」

ランドは目も口も大きく開いた。

追い打ちをかけるようにネモはランドの名前を呼ぶ。

「ね？　ランドもそうだよね？」

「…………おう」

葛藤を隠さなかったが、ランドは覚悟を決めたように大きく頷いた。

「ネモちゃんランランありがとー。でも、ひふみたち仲良し四人になったのに、まだバラバラなの……技が」

その言葉にハッとしたのはあるふぁだった。

「合体技か！」

ひふみはこくりと首を縦に振った。

「そう。みんなでアイデアを出して、あるふぁがまとめてくれて、この劇にはみんなの良さがいっぱい出てる。でも、順番になってるから、それをくっつけて同時にするの」

「なるほど合体技……ワクワクするじゃねーか」

ランドもひふみの狙いを理解し、腕をぐるぐると回した。

「だったらいい作戦がある」

「流石監督。頼りになるー」

あるふぁの提案にネモが低温ながら笑顔を見せる。

三人はあるふぁに耳を寄せた。

そして、作戦が決まった四人は、改めて凶一郎に対峙した。失いかけた自信をすっかり取り戻し、その目は輝いていた。

それを見て凶一郎は笑う。

「ふはは。やっと準備ができたか。舞台の上で待っている時間は少し気まずかったから、つい柿を使ったジャグリングで間を埋めてしまったぞ。だが、お前たちの成長のためなら問題ない。……さあ、見せてみろ」

「言われなくてもっ！」

あるふぁはα時計を変形させた。八本の爪ががっちりと床をホールドし、その上の半月型の台座にひふみのヨーヨーが載る。

ヨーヨーは回転を開始し、さらに溜《た》めるほど威力が上がる電気銃「ルーク」のエネルギーを受ける。

「ベースはＨＡＤＣ《ひふあるどつかんきやのん》だ。ひふみのヨーヨーを射出する砲台をα時計で作り、威力を倍増させる。今回はヨーヨー自体の強化に、蟹《キャンサー》の刃《やいば》をつけた、ＨＡＤＣＣ《キャンサー》モード」

「さらに！　俺の脚力でヨーヨーの回転を加速させる」

砲台の上、回転エネルギーを溜めるヨーヨーに乗っかり、ランドが走るように足を動かす。

「名付けてサンダードラゴンチャージ！」

するとヨーヨーの回転は加速し、ついにはスパークを伴うようになる。

「やってることはハムスターみたいだけど。でも、いいんじゃない？」

ネモが砲台の横についた照準器を覗いた。

「魔女の魔法でバフをかけるよ～という設定でよろしく」

ネモはその観察眼で、砲台を調整した。

「いいよ。これがこっちの力が一番が入る角度、相手にロスなくエネルギーをぶつけられる位置」

加速を続けるヨーヨーは空気を震わせ、閃光《せんこう》を伴う。軋《きし》む砲台がそのエネルギーの大きさを物語るが、カニの爪がしっかりと耐えているため、エネルギーはロスなく蓄積されている。

「HADCCにランド、ネモの力が合わさった、これが俺たちの合体技……HARD《ハード》－CNC《シーエヌシー》」

物理的な光だけではない、その技のまぶしさに、凶一郎は目を細めた。

「ふっ合格だ。お前たちの成長に涙が止まらない。……だから、降参を受け入れてくれないか。柿を独占したこと、ひいては台本を無視したことは謝ろう。そうだ、成績表には『たいへんよくできました』をつけてやる。だから、その攻撃を実際に俺に当てるのは止めてくれないか」

「校長なら、防御すれば死にはしないと思いますよ。めちゃくちゃ痛いけど」

ネモが指で作った輪を覗いて言った。

「受け止めてね、おじちゃん」

にっこり、ひふみは天使の笑みを浮かべる。

「ふ……ふはは……は――はっはっはああ！」

謎の高笑いとともに、凶一郎はHARD－CNCに貫かれた。

かに
かに

拍手喝采大団円で、さるかに合戦は幕を下ろした。

「最後の技すごかったよな！」

「何回言うの？　……まあ確かにすごかったけど」

控室では、ネモとランドが興奮冷めやらぬといった様子で話し合っている。ひふみとあるふぁも一緒になってお互いを称《たた》え合っていた。

すると、控室の扉がノックされた。

あるふぁがどうぞ、と答えると。

「みんなお疲れ様」

「『ママ、パパ！』」

やってきたのは六美と太陽だった。二人の顔を見て、ひふみとあるふぁが一段と笑顔を輝かせる。

「たっ、たたた太陽さん⁉」

一名、異常な興奮を見せる者もいた。

達成感と疲労感の混ざるあるふぁと、その傍《そば》でべったりしているひふみのもとに、六美が歩み寄る。

「二人ともよく頑張ったわね。感動したわ」

すると、あるふぁは眉をハの字にしながら微笑んだ。

「ママが言ってたのってこういうことだったんだね」

「ごめんね。教えなかったこと、ひどいと思った？」

六美の質問に、あるふぁはすぐ首を振った。

「ううん。何が起きても、練習で築き上げたものは変わらなかったから。おかげで劇としてもいいものになったしね」

「キスも惜しかった」

「いや惜しくはなかっただろ」

そう言う二人の表情を見て、六美はまた子供たちの成長の早さを感じていた。目の奥にうっすら揺らめくものを見た太陽が、その肩にそっと手を置く。

夜桜家は、いや、この業界は常に試練の連続だ。それは年齢を選ばない。たとえそれが学校行事でも、試されるのは、そして壁に阻まれるのは苦しいことだ。

けれど子供たちは、逞しくその壁を越えていく。大人たちがいくら心配しようが、どんな期待をかけようが関係ない。子供たちは自由なのだ。

六美は、ぱちんと手を叩いて注目を集めた。

「よし、みんな片付けて。一緒に行きたいところがあるの」

後ろで生太陽に興奮するランド、それをニヤニヤと見ているネモにも声をかける。

向かうのは、四人と同じくらい頑張った、あの人のところ。

「みんなで校長先生のお見舞いに行こう」

そう。今回の影のＭＶＰは間違いなく、このお遊戯会自体を企画し、その身一つで四人の成長を受け止めた凶一郎なのだから。

六人は、保健室に運ばれた凶一郎の下へ向かうのだった。

凶一郎と太陽の二人旅

Mission:
Yozakura Family

その部屋は薄暗かった。

夜桜《よざくら》邸の地下にあり、一年中ぬるい空気と湿気《しけ》た匂いが充満している。秋も深まり涼しくなってきたことを忘れるその温度は、外界との隔絶を思わせた。

部屋の外からの音は聞こえない。それは、この部屋で生じた音も外へは届かないことを意味していた。

すなわち、この部屋で何が行われても、誰も気付くことができない。

「そういうわけだ、太陽《たいよう》。何か言い残すことはあるか？」

部屋の中央に一つだけある裸電球が、その下で正座する太陽を照らしていた。その手足は縄で縛られている。

彼の前には、簡素なつくりの木製椅子があり、そこに鎮座するのが凶一郎《きょういちろう》だった。

太陽は冷や汗をかきながら、言うべきことについて思案する。

そして慎重に口を開いた。

「す――」

「言い訳無用」

（『言い残すことはあるか』って聞いたのに……）
○・一秒で発言を封じられ、太陽はがっくりと肩を落とす。
凶一郎は足を組み換え、ため息とともにふんぞり返った。

「任務で仙台《せんだい》に行ったお前に、ずんだもちを頼んでいたな？」

太陽は先ほど任務から帰ったところだ。伊達政宗《だてまさむね》に憧れるあまり、世界中の人間の右目の視力を奪う薬を広めようとしていた悪の組織の研究所の場所を突き止め、解体した。太陽は仙台土産《みやげ》に、家族からずんだもちを頼まれていたのだ。

しかし、帰宅した太陽は手ぶらだった。

「任務から帰還する途中、別の犯罪組織のアジトの情報を入手したお前は、自らの判断で突入を敢行。海外に売られるところだった子供の救出に成功した。……だが、その際、救出した子供たちにずんだもちをあげてしまった、と」

「……おっしゃる通りです」

太陽は気まずそうに俯《うつむ》いた。

凶一郎は鼻で笑い、両手のひらを上に向けて広げ、呆《あき》れの感情を露骨に表した。

「夜桜たるもの、それを想定して余分に買うくらいの知恵が回ってしかるべきだ」

「すみません……」

凶一郎が言いすぎなのは太陽も承知だ。しかし、この義兄は太陽をいびる口実を探しているのであって、内容の正当性は重要視していない。「頼まれていたずんだもちを買ってくることができなかった」という事実があれば、どんな反論も意味をなさないのだ。

太陽もそれを理解しているから、粛々と義理の兄の言葉を受け止めていた。

凶一郎は背後から、杵《きね》のような形のものを取り出した。確かに概形はL字型のハンマーだが、杵というには攻撃的すぎる、無数の棘《とげ》が付いていた。

「そんなお前には、ずんだよろしくすりつぶされてもらうか、あるいは餅のようにぺったんぺったんと叩《たた》きつぶされてもらうか、してもらわねばなるまい」

「ま、待ってください！　また買ってきますから……！」

太陽が許しを請うが、凶一郎は一切聞く耳を持たない。

「そうだ、両方にしよう。『ずんだ』だけでも『もち』だけでも『ずんだもち』にはならな――」

「そこまでよ」

凶一郎の背後の扉が開かれる。凶一郎はゆっくりと振り返った。

「……六美《むつみ》」

そこには六美が腕を組んで立っていた。彼女の後ろにはひふみとあるふぁが、心配そうに部屋の中を覗《のぞ》いている。

「まったく、ひふみとあるふぁに見られたら嫌われるからって、こんなところで太陽をいじめて……」

六美は嘆息しながら凶一郎の脇を抜け、太陽の下へ向かう。

「太陽いじめは茶番で、本当は傷つける気はないってバレてるんだからやめればいいのに」

「いじめではない。教育だ。こいつがずんだもちを買ってこられなかったのは事実。相応の罰を与えるのは当然のことだろう」

縄をほどく六美を見ながら、凶一郎が言った。核心に迫られたからか語気が強くなるが、あるふぁとひふみは冷静に反論する。

「頼んだ僕たちが怒ってないからいいよ」

「パパをいじめないで」

甥《おい》と姪《めい》に言われ、凶一郎はぐぬぬと唇を噛《か》んだ。こうなるのがわかっていたからわざわざこんな部屋を選んだのだ。見つかってしまった以上、凶一郎にやれることはもうない。

凶一郎は太陽いびりを諦めて、話を切り替えることにする。

「わかった。じゃあ、もう放っておいておじちゃんと遊ぼうな」

落ちかけた二人からの評価を取り戻すように、凶一郎はいろいろなものを取り出した。

「ほ～ら、マニークラフトにおじちゃん特製Ｍｏｄを導入したぞ～。それともスパイチューバーチップスの開封でもするか？　おじちゃんはまだまだ若いから、お前たち世代の流行《はや》りにも詳しいんだ。一緒に遊べるぞ」

ゲーム機やカード付きのポテトチップスが、ひふみとあるふぁの前に並んだ。

しかし、二人はそれらに興味を示さず、思案するように唸《うな》る。

「それよりも、パパとおじちゃんの仲が悪いほうが気になるよ」

凶一郎は聞こえないふりをして、スパイチューバーチップスのカードをポテトチップスの袋からはがしていく。

「お、この重さはレアカードの気配がするな……動画回すか？」

そんな凶一郎に、太陽の縄をほどき終えた六美が聞き直した。

「二人が言うなら仲良くできない？」

「嫌だ」

即答する凶一郎。

いつもの拒否反応に、六美はいつもの呆れ顔、太陽はいつもの苦笑いだった。

しかし、今まであればそこで終わりだったやり取りも、双子がいればまた変わるものだ。

「うーん、どうにかできないかなあ」

あるふぁは簡単には諦めず、腕を組んで頭をひねらせた。

「何かきっかけがあればいいんだけど……」

「あ！」

ひふみが、良いことを思いついた、という感じでポンと手を叩いた。

「そうだ。パパとおじちゃんも二人で旅行に行ったらいいんだよ」

「りょこぉ～？」

凶一郎は嫌そうな感情を微塵《みじん》も隠さないが、ひふみもそれを気にせずに続ける。

「ひふみたちも、最初は凶一郎おじちゃんのこととっても気持ち悪いヘンタイだと思ったけど、七悪《ななお》おじちゃんを迎えに行くときに一緒に旅行して、思ったより気持ち悪くないって思えたんだよ」

ストレートにひどいことを言っているが、凶一郎にとっては二人が態度を軟化させたことの方が重要で気にならなかった。言っていることには凶一郎も頷《うなず》くところである。

「ひふみナイスアイデア！」

あるふぁもひふみの意見に賛同した。

「旅行なら、移動時間に話したりしてお互いのことを知れるし、いつもと違う場所で相手の知らなかった一面を見られる。それなら絶対仲良くなれるよ」

「えへへ。あるふぁにほめられちゃった……♡」

ニマニマと喜びでひふみの頬《ほお》が緩んだ。あるふぁも、その作戦への期待で目を輝かせている。

二人は即座に国内の旅行先を調べ始めた。二人の中ではもうやらない選択肢はないというところまで来ている。

その空気に押されかけている凶一郎に、六美がニヤニヤと尋ねた。

「だってさ。どうする？　お兄ちゃん」

「……ぐぬぬ……」

凶一郎が逃げ道を探すように目を逸《そ》らすと、太陽と目が合った。

太陽は微笑《ほほえ》んで、

「俺は行けますよ」

と言った。

「…………………」

かくして、太陽と凶一郎の仲を深めるため、二人旅行の実施が決定された。


太陽と凶一郎の二人がやってきたのは、大分県《おおいたけん》の別府《べっぷ》。

日本有数の温泉地であり、入浴はもちろん、湧き出る源泉が作る様々な景色を「地獄」と呼んで、見て楽しむこともできる。

そんな人気観光地でならば、二人の仲も深まる……というわけでもない。

「はぁ〜〜〜〜〜〜〜〜」

到着するなり凶一郎は、太陽に聞こえるようにため息をついた。全く不機嫌を隠す気がなかった。

ここへ向かう道中は一言の会話もなく、太陽は気まずさに俯くばかりだ。

今からでも予定を変えて帰ろうかと思った、その時だった。

「そんなことだろうと思ったぜ」

聞き慣れた声とともに背中を叩かれた。

太陽が振り向くと、出発時には見送ってくれたはずの家族がいた。

「四怨《しおん》姉さんに、七悪？　それにひふみとあるふぁも。どうしたんだ」

一般の人の前でも相変わらずギリギリの露出の服装の四怨に、一般の人の前では目立たないように変異モードを抑える七悪。そして人混みの中ではぐれないよう、二人と手を繋《つな》いだひふみとあるふぁがいた。

七悪が太陽の質問に答える。

「兄ちゃんたちがただ二人旅に出かけても、無言で行って帰ってきそうだったからさ。僕たちで二人が仲良くなるよう助けにきたってわけ」

そこにあるふぁが補足する。

「二人で協力する企画を考えてきたんだ。旅にはアクティビティがつきものだよね？」

あるふぁのたった四年の人生に、懇親旅行の経験などは当然ない。しかし、自身が凶一郎と仲良くなったときは、ある意味「七悪探し」というアクティビティがあった。そこから彼らなりに考えを巡らせ、企画を考えて旅行先にまでやってきたのだ。

「……スゥー……ふぅー……。ありがとうな、四人とも」

太陽と仲良くなる気などさらさらなかった凶一郎にとっては、余計なお世話だっただろう。しかし、可愛《かわい》い甥と姪が知恵を振り絞り、弟妹《きょうだい》たちが手伝っているとなれば、無下にすることもできない。葛藤と何かを飲みこむような長いため息のあと、凶一郎は礼を言った。

ひふみは満足げに笑う。

「どういたしまして」

純粋なひふみは、これでよしと胸を張った。一方、あるふぁは凶一郎が嫌がっているのをわかっているが、何とかしたいという善意で動いている。

七悪は無茶だろうと思いつつひふみとあるふぁのために手伝っていて、四怨は面白がっているのがほとんどだ。

口角を上げたまま、四怨が口を開いた。

「つーわけで、ここでは地獄水平思考クイズラリーをやってもらうぜ」

「なんだか仰々しい名前だな……。どういうルールなんです？」

太陽が感想とともに尋ねると、四怨は別府の簡易マップをタブレットに表示しながら、説明する。

「地獄を一か所巡るごとに、一人が『はい』か『いいえ』で答えられる質問をして、もう一人が何を思い浮かべているのかを当てるんだ」

「四怨たちが出題するんじゃなくて、俺たちの間で出題者と質問者をやるのか」

凶一郎が整理すると、七悪が肯定した。

「そうそう。仲良くなるには、相手が何を考えているか知ることが大切だからね。ただスポットを巡るだけじゃなくて、ちゃんと会話もしようってこと」

「……なるほど。筋は通っている」

凶一郎は苦い顔でそう言った。

「ひふみとあるふぁのアイデアなんだぜ。すごくね？　天才じゃね？」

四怨が手を繋ぐあるふぁの顔を覗くと、少し照れて謙遜する。

「いや、僕たちは、二人に仲良くしてもらいたかっただけで……」

この二人の様子を見れば、やはり断れないのが伯父《おじ》なのであった。凶一郎は企画の参加を承諾し、太陽も当然それに従った。

ひふみはせっかくのゲームを早く始めてもらいたくてそわそわしている。

「パパと凶一郎おじちゃん、どっちが出題側にする？」

「あ、じゃあ俺が質問側をやるので、凶一郎兄さんが出題をお願いします」

凶一郎の喉元まで「お前のことなど知りたくもない」という言葉が出かかっているのを察して、太陽が立候補する。

凶一郎は、「お前に答えることなど何もない」という言葉を腹の中に押し込んで、頷いた。

「おっけー。じゃあテーマは『最近ハマっていること』だ。ゲームスタート！」

最初にやってきたのは海地獄だ。地獄と呼ぶには涼しげなコバルトブルーの温泉である。

しかし、しきりに上がる湯気からわかるように、この湯の温度は九十八度となる、地獄と呼ぶにふさわしい場所となっている。

「わ、本当に鮮やかな色ですね」

太陽はその珍しい景色に目を輝かせた。

「感想など聞いていない」

凶一郎は冷たい態度のままである。

ちなみに、あくまで二人旅というスタンスは継続中で、四怨たちは少し離れたところから二人を見守っていた。

「見て見てあるふぁ。地獄蒸し焼きプリンだって」

ひふみがのぼりを見つけてあるふぁの腕を引っ張る。

「名前は怖いけど……おいしいのか？」

やや疑うような反応のあるふぁに四怨が笑いかけた。

「買ってみるか？」

「「いいの？」」

「もちろん。おばちゃんたちに課金させろ。七悪、買ってくるから凶一郎たち見ておいてくれ」

「了解～」

七悪を残し、三人は売店の中に入っていく。

見守るといっても、もちろん、せっかくの地獄めぐりは楽しみつつだ。

一方、太陽は、凶一郎の「最近ハマっていること」を探る一つ目の質問をすることにする。今回巡るのは五か所だ。一回の質問の重要性は極めて高い。

「じゃあまずは『それは誰かと一緒にやることですか？』」

「ノーだ」

凶一郎は短く答えを返す。

これで、一人でやるような趣味だと想像がつく。また、まず一番に予想された「六美と○○」系でないこともわかった。

しかし、後ろの四怨と七悪はやや不満げな表情だ。

「あちゃー、太陽今の質問は勿体《もったい》なかったな」

「うん。凶一郎兄ちゃんに遊んでくれるような友達はいないし」

「そこ、聞こえているぞ」

観戦客気分の二人に凶一郎がツッコミを入れた。

続いてやってきたのは、鬼石坊主《おにいしぼうず》地獄だ。灰色の泥が沸騰し、大玉の泡が膨らむと、まるで坊主の頭のように見えることからその名がついた。

「さっきの場所とは打って変わって、こっちの温泉は泥で灰色になってるんですね」

「どうだ太陽、あの坊主の隣で湯に浸《つ》かってきたら」

「いや、死んじゃいますから……」

この温泉も温度はほぼ百度。人間には入浴不可能だ。後ろで「変異状態の僕なら入れるよ」と言った七悪が、ひふみとあるふぁに驚かれていた。

いびりがほとんどだが、凶一郎と太陽の会話が一応成立したところで、次の質問に進む。

「二つ目の質問行きますね。『それは飲食に関係がありますか？』」

「それもノーだ」

これで、食べるのも作るのも含めて料理系が外れた。お酒や紅茶といった飲み物も同時に消せている。

太陽は答えの候補を予測しながら、無駄にならない質問を検討していった。

三か所目、折り返しは鬼山《おにやま》地獄だ。

「別名『ワニ地獄』の名の通り、ここではワニを飼育してるんですって。温泉の熱を利用することでワニに適した環境にしてるみたいです」

「どうだ太陽、あのワニの隣で——」

「そのくだりさっきもやりましたから！」

そのやり取りの後ろで、ひふみとあるふぁはエサやりをしたがっていた。しかし、飼育員のエサやりタイムはあるものの、客が体験できるものではないという。七悪が「生き物に詳しい友達に今度お願いしてみるね」と約束していた。

太陽は三つ目の質問に移る。

「では『それは外出先ですることですか？』」

「ノー」

三連続でノーとなった。

質問的にイエスでもノーでも得られる情報に大きな差はないが、なんとなく正解が遠ざかっている感じがする。後ろで見守るあるふぁは、五問の設定は厳しすぎたのではないか、と不安になり始めた。当然、仲良くなるための企画だ。成功で終わった方がいいに決まっている。

だが、太陽は冷静に、着々と今までの情報を整理していた。

口元に手を当て、考えながらたどり着いたのは、血の池地獄。酸化鉄により温泉が赤く染まっている。

「あれもお前の血で――」

「はいはい」

ほぼ同じことしか言わない凶一郎に、太陽もツッコミが雑になる。正解を考えるのに忙しいのだ。

太陽は一度言葉にして整理する。

「家で、それも一人でできる最近ハマっていること……。凶一郎兄さんはゲームはほとんどしないし、多分、見るもの、聞くもの、あとは作るもののどれかの可能性が高い」

「俺もゲームくらいするぞ。最近流行りのとかな」

ひふみとあるふぁとの接点を持つアピールで、凶一郎は二人を振り返った。答えには関係ない二人へのアピールなので、ヒントには換算しない。

「残り二回しかないから、次で絞れないと厳しいけど……ここは三択に賭けます。『それは見て楽しむものですか？』」

太陽はやや緊張の面持ちで尋ねた。

「『三択に賭ける』ってどういうこと？」

観戦中のひふみがあるふぁに尋ねる。

「パパは答えを映画とかの見る系のもの、音楽とかの聞く系のもの、あとは絵を描くとかの作る系のもののどれかだと予想したんだ。でも、三択だと、確実に一つに絞れる質問はない。イエスなら一つに絞れるけど、ノーなら候補は二つ残ってしまう」

「要はイエスならだいぶラッキーだが、ノーだと五問以内の正解が厳しくなってくるってわけだ」

「なるほどー」

四怨も説明に加わるとひふみも大まかに理解ができ、凶一郎の答えを待った。

数秒、沈黙が続く。それを破るのはもちろん凶一郎だった。

「……フン。イエスだ」

凶一郎は鼻で笑ってから答えた。

後ろで祈るように見ていたひふみとあるふぁの顔が、ぱあっと明るくなる。

「これ、いいんだよね？」

「うん。しかも、候補には入れてなかったけど、眠るとか歌うとか、一応可能性もあった他の選択肢も消えた。かなり有利のはずだよ」

そんな風にテンションの上がる子供たち二人を尻目に、大人《おとな》たちはここからの詰めについて考えていた。


最後の地獄は龍巻《たつまき》地獄といった。

世界的に見てもかなり短い周期で噴出する間欠泉で、本来なら数十メートル噴き上がるとされるものすごい勢いの水が、周囲の安全のために設置されている囲いの屋根を撃つ。

当然、当たれば無事では済まないと思わされた。

しかし、凶一郎は今までの地獄と違って「当たってこい」とは言わなかった。

「じゃあ最後の質問です」

太陽も余計なことは言わなかった。

「『それは施設造りですか？』」

「……ほう」

凶一郎は虚を衝《つ》かれたように微《かす》かに眉を上げた。

ひふみも事態が摑《つか》めず、首をかしげる。

「あれ？　答えは『見て楽しむもの』で『作るもの』じゃないよね？」

「そのはずだけど……」

あるふぁも理解ができていない。

しかし、その後凶一郎は答えた。

「イエスだ」

それを聞いて、太陽はふーっと安堵《あんど》の息を漏らした。

すると、一定の距離を保っていた四怨たちが近づいてくる。

「おいおい、観客にもわかるように解説してくれよ」

ほとんどわかっていそうな四怨がそう言うと、残りの三人も何度も頷いた。

太陽は順を追って説明を始める。

「三か所目の時点で、俺にはいくつか選択肢がありましたが、普通にやったんじゃ絞り切れない可能性の方が高かった。だから、答えるときの凶一郎兄さんの態度も参考にさせてもらったんです」

太陽が凶一郎に視線を向けると、凶一郎は不満そうにそっぽを向いた。

「三択から賭けで質問すると、兄さんは呆れるように鼻で笑いました。それは、その三択に絞った時点で間違えているということ。ここの間欠泉に当たってこいと言わなかったのも証拠になりました。凶一郎兄さんがいじわるを言わないのは、俺に失望しているときですから」

「嫌な信頼関係だな」

そう言う四怨だが、その表情は愉快そうだ。

「答えがイエスで、一見答えが絞れたようなのにそうなるということは、そもそも質問が良くなかったんです。なぜなら答えは『見るものでもあり、聞くものでもあり、作るものでもある』ので、この質問じゃ絞れなかったから」

ここまで聞いて、あるふぁはハッとする。

「確かに……。そのパターンだと、三択のどの質問をしても答えは『イエス』になる。質問した側は答えが絞れたと思っちゃうけど、実際は答えに近づいていない。質問からして無駄になってる」

太陽はあるふぁに笑いかける。

「そういうこと。でも、その無駄な質問をすることで凶一郎兄さんの態度を引き出し、答えが『自身が作って、それを鑑賞して楽しんでいるもの』っていう予想ができたんだ」

「パパかしこい」

あるふぁとひふみが感心して唸った。凶一郎はその表情を変えない。

「あとは、それに当てはまるものに近づくように最後の質問をした。凶一郎兄さんのハマっていることは……六美部屋を増築し、おそらく新たに映像展示か音声作品も追加された『六美ミュージアムの建設』です」

太陽は確信をもって答えた。

四人は固唾《かたず》を呑《の》んで、凶一郎の正解を待つ。

その視線を一身に受けて、凶一郎は短くため息をついた。

「ふん。長々と喋《しゃべ》りおって。探偵にでもなったつもりか？　……だが、正解だ」

「やった！」

「パパすごい」

ひふみとあるふぁは抱き合って喜んだ。

四怨と七悪も拍手を送る。太陽は胸を撫《な》でおろした。

「褒美として間欠泉に当たる権利をやろう」

「それは大丈夫です」

いびりが戻ったことで、凶一郎の失望も払拭されたことがわかる。

一通りの祝福が終わると、四怨は頭の後ろで腕を組んだ。

「しかし、家族にも内緒で作っている施設を答えにするなんて、当てさせる気ゼロだな。つまり仲良くなる気ゼロ」

「でもしっかり当てたんだから、これでお互いの絆《きずな》も深まったはずだよ」

七悪がフォローする。すると、凶一郎がそれに乗っかる。

「そういうことだ。大きな山を乗り越えてこそ親しくなれるのだ。決して、間違えて恥ずかしい太陽を笑ってやろうと思ったわけじゃないぞ」

「語るに落ちるってやつだね」

七悪が呆れるように言った。

すると、太陽はふと思い出して凶一郎に告げた。

「あ、ミュージアムの件は六美に報告しますね。六美が嫌がったら建築は中止してください」

「ほほう、いい度胸だ。その口を縫い付けてやる、覚悟しろ」

凶一郎が憎しみの籠もった目で太陽を睨《にら》み、鋼蜘蛛《ハガネグモ》を取り出す。

「わあ、ストップストップ」

「全然仲良くなってない……」

あるふぁが止めに入り、ひふみががっくり肩を落とす。

ゲームに正解こそしたが、仲良くなるという目的は達成ならずとなった。


「別府では、出題者と回答者に分かれちゃったのがよくなかったと思うんだ」

太陽と凶一郎の前に立ち、あるふぁは語った。

「だから次は協力してもらうよ……ここ、北海道《ほっかいどう》で」

目の前に広がるのは、多くの木々が広がる大地。北海道の旭川《あさひかわ》にあるキャンプ場だった。

スパイ協会所有の土地で、協会員なら誰でも格安に使うことができる。夏のキャンプシーズンが過ぎ、キャンプ場は貸し切り状態だった。

ここの案内人は辛三《しんぞう》である。頭にタオルを巻き、軍手をして準備は万端といった格好だ。

「旅行で協力といえばキャンプだよね。テント設営、火おこし、食材調達、料理。どれも生半可な連携じゃ上手《うま》くいかない。それにキャンプでは、自然と対峙《たいじ》することになる。それは、いろんなしがらみを取っ払って、ありのままの自分で向き合うことを意味するんだ」

辛三は胸を大きく反らし深呼吸をする。ひふみとあるふぁもそれを真似《まね》した。

「くうきおいしー」

ひふみはそう言って何度も深呼吸をする。

あるふぁもひふみの感想に同意して頷いた。

「うん、なんだかスッキリした気持ちになれるよ。ここでなら二人も……」

「いて、いてて。栗《くり》を投げないで凶一郎兄さん」

「協力だ。俺が栗を集めるからお前はイガを取れ」

悪意あるスピードで栗を投げつける凶一郎を前にしては、あるふぁも最後まで言葉を言い切ることができなかった。

「こ、これからだからさ。キャンプを通して仲良くなればいいんだよ。さあ、始めよう?」

苦笑いの辛三は、背後に山積みになって控えていたキャンプ用具を手に取り始めた。

「ちなみに俺のおすすめのキャンプグッズが……」

「ストップ」

辛三に向かって、あるふぁが手のひらを向けて、制止のポーズを取る。

「ここでは二人で協力してもらいたいから、辛三おじちゃんのお助けアイテムは禁止にしよう」

「そうか……そうだよね……。俺のこだわりグッズなんて、邪魔なだけだよね……」

辛三は叱《しか》られた小型犬のように俯いてしょんぼりしてしまう。

そんな辛三を、双子が慌てて慰めようとする。

「そんなことないよ辛三おじちゃん。ひふみ、おじちゃんが何持ってるのか気になる」

「パパと凶一郎おじちゃんは置いて、僕たちでもキャンプを楽しもう?」

「うぅ……天使……」

その優しさに辛三は目を潤ませる。

辛三、ひふみ、あるふぁは、凶一郎と太陽から少し離れたところに陣取った。

一方、二人になった義兄弟組は、まず太陽が口を開いた。

「ええと……まずはテントを張りましょうか」

しかし、凶一郎は共同で作業する気はなく、藪《やぶ》の方へ歩いていってしまう。

「テントはお前が一人でやれ。俺は火をおこす」

「了解です」

凶一郎が提案した分担に、太陽も従う。

太陽はチャキチャキと動き、テントを組み立てていった。枯れ枝を集めてきた凶一郎も慣れた手つきで火をおこし、落ち葉、細い枝、薪《まき》と火を大きくしていく。

太陽がテント、タープ、椅子とテーブルを組み立て終える頃には、凶一郎は既に火の準備を終え、食材の用意まで済ませていた。

「適当に見繕ってきた。料理はお前がやれ」

「はい」

並んだのはキノコや栗、むかごなどの山の幸に、湖で獲《と》った魚たち。辛三たちから支給された調味料と合わせて、太陽が料理する。その間、自分の仕事を終えた凶一郎は、六美に似合う花を見繕っていた。

最低限のやり取りだけで、するすると作業が進んでいく。協力はない。完全なる分業。

そして、滞りなく食事まで終わってしまった。

「あれ、もう終わり？」

「全然協力してない……」

二人と離れたところで辛三お墨付きのキャンプチェアに腰掛け、ひふみはきょとんと、あるふぁは肩を落として言った。

こだわりの蓋つきグリルで肉を焼きながら、辛三が説明する。

「兄ちゃんは元より、太陽もこの五年間でかなり成長して、万能タイプになったんだ」

「つまり……？」

ひふみが首をかしげる。

「別に協力しなくても一人でできちゃうし、その方が早いんだよね……」

「そんなぁ……」

落ち込んだあるふぁを今度は辛三が慰める。

「でもでも、自然の中で焚火《たきび》を囲むだけでも心の距離は近づくよ」

「……確かに！　二人で静かに向かい合ってるよ」

あるふぁは気を取り直して言った。

遠くに見える凶一郎と太陽は、炎を挟んで座っていた。傍《はた》から見れば、しみじみと語りあっている深い関係の二人に見える。

「……ああいやだめだ……よく見て」

しかし、辛三は気付いてしまった。

「兄ちゃんがめちゃくちゃ団扇《うちわ》をあおいで太陽の方に煙や火の粉が行くようにしてる」

「陰湿！」

全然仲良くなかった。

「あれ、パパが立ち上がったよ」

ひふみが指をさす。さっきまでは凶一郎の嫌がらせにも静かに耐えていた太陽だが、今度は何か焦っているような様子である。

その視線は、テントの裏の藪の方に向けられている。

状況に気付いたのは辛三だった。

「あれは……まずい。この辺を縄張りにしてるヒグマ『ＳＰＩ28』だ。スパイ協会も最近注意喚起してるんだ」

「パパ逃げてー！」

あるふぁが叫ぶ。藪からは、体長三メートルはあろうかという大型のヒグマが、四足でノシノシと現れた。

「あ、凶一郎おじちゃんが背中に乗った」

鋼蜘蛛をヒグマの首に巻き付け、首輪のようにして、凶一郎がその背に乗る。当然クマを止める気はなく、ノリノリで太陽を襲うように乗りこなしていた。

立ち上がったクマが両前足を振り上げ、太陽に覆いかぶさろうとする。

「止めにいこう！」

辛三が走り出す。

こうしてキャンプでの仲良し作戦は中止となった。


「仲良くなろうってんなら、お互いのことを考えることだね」

ヒグマとの戦いを終え、一行がやってきたのは滋賀《しが》県。狸《たぬき》の置物で有名な信楽焼《しがらきやき》が体験できる施設に来ていた。

エプロンをし、粘土の塊を前に座る太陽と凶一郎。二人の前には、案内人の二刃《ふたば》が立つ。

「ここで焼いた皿をお互いにプレゼントし合う……。とってもいいアイデアだよね」

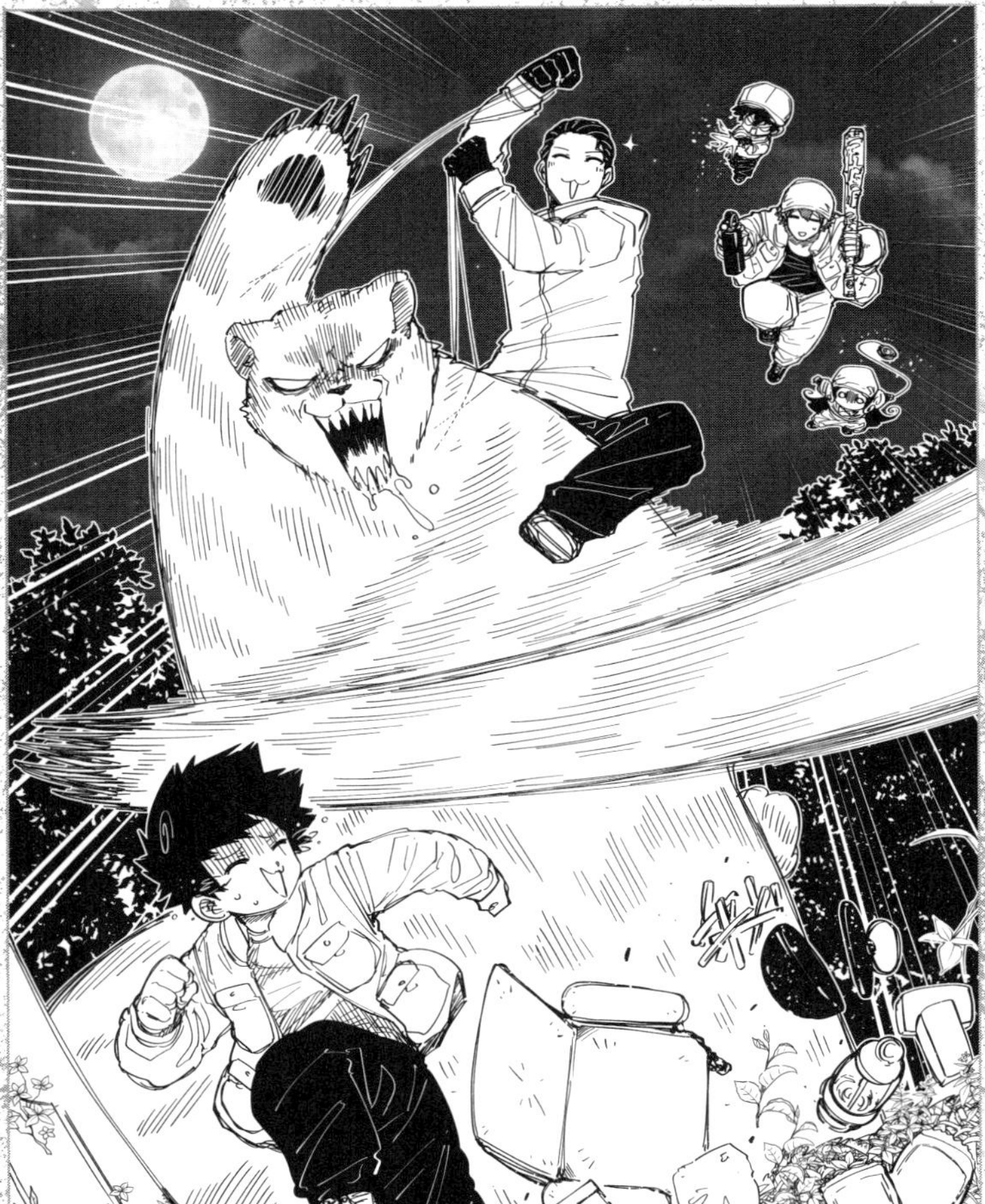

出題側と回答側に分かれることもなければ、分業で互いを放置することもない。これなら仲良くなれるに違いないと、あるふぁが期待を膨らませた。

ちなみにひふみとあるふぁもエプロン姿にバンダナを巻いてろくろの前に座っている。せっかくの機会なので、二人も焼き物体験に参加することになっていた。

「粘土楽しい」

ひふみはあるふぁ型の皿を作ると意気込んだ。

ちなみに、体験の参加者はもう一人。

「嫌五《けんご》、いい加減そういうのを作るのはやめな」

「え？　こんなの作るしかないでしょ、うんk――ぶへっ」

二刃についてきた嫌五が、作りかけの粘土を奪われ、ぶつけられていた。

ひふみとあるふぁの苦笑いを見れば、どちらの精神年齢が上かは明らかだった。

凶一郎は成形前の粘土の塊を前に、眉をひそめる。

「こいつのことを考える……？　憎しみしか湧いてこないんだが」

「いいからやってみな」

二刃に促され、凶一郎はろくろを回し始めた。手を添えると粘土は円状に広がり、みるみるうちに平皿らしい形に近づいていく……が。

「………」

一瞬の手元の乱れで、皿はその回転の秩序を失い、土くれに戻ってしまう。

指導役の二刃がアドバイスをする。

「皿は心を映す。歪《ゆが》んだ心では皿も歪んじまうよ。やり直し」

凶一郎は、いびつな形の粘土をもう一度まとめ、再びろくろを回転させる。

先ほどより慎重に力をかけていく。できるだけ穏やかな心で、繊細に、親指の傾きを調整する。

「そうだ、落ち着くことを思い浮かべよう」

そう考えた凶一郎は、六美を脳内に呼び出し始めた。

小さい頃の六美、中学生になった六美、大人になって五年越しに再会した六美。どの時代の六美もまばゆい笑顔で、「お兄ちゃん、大好き♡」と言う。

もちろん妄想だが、凶一郎の心は満たされ、悟りの境地に至ろうとしていた。

「おじちゃん、パパのことを考えるのを忘れないでね」

しかし、傍《そば》で見ていたひふみが声をかけた。

「………」

その時、脳内六美の隣にそれぞれ太陽が現れた。口角を吊《つ》り上げ、舌を出し、濁った眼《め》で凶一郎をあざ笑う。「妹さんはいただきますわ～わら」子供から大人まで、どの時代の脳内六美も、脳内太陽に抱えられ、奪われていった。

「ふんっ！」

「うわっ」

できかけていた皿に凶一郎が拳を振り下ろした。粘土が飛び散り、隣に座る太陽にまで飛ぶ。

「どうしたんですか凶一郎兄さん」

「黙れ盗人《ぬすっと》……。潰されたのがお前ではなく皿だったことに感謝するんだな」

「ええ……」

突如ブチギレられ、太陽は困惑することしかできなかった。

「おや太陽、筋がいいね」

そんな太陽の手元にできた皿を見て、二刃が声をかけた。

太陽は照れたように頬を掻《か》く。

「俺は凶一郎兄さんのこと尊敬してますから」

はにかんだ太陽の頬には泥が付いていた。それに気付かないほど、真摯に向き合っていた証拠である。

二刃は微笑んだ。

「できた義弟《おとうと》じゃないか。それに引き換えこの義兄《あに》といったら」

長女がチクリと長男を刺す。眉間のしわが深くなった。

「……皿以外のものでもいいのか？」

凶一郎が絞り出すような声で二刃に尋ねる。

「構わないよ。素人《しろうと》には型もなしに成形するのは難しいんだが、やりたいなら止めはしないさ」

許可が下り、凶一郎はろくろを回すのを止め、手ごねで大まかに形を整える。

そして、ある程度の形ができると、あとは鋼蜘蛛を使って形を削り出した。

そして凶一郎が作ったのは。

「これって……パパ？」

「その通りだ。よくできているだろう」

あるふぁの質問に凶一郎は頷いた。

悪意とも味とも言い難い、なんともいえないクオリティだが、目が二つ、鼻と口が一つずつついている置物だった。アホ毛の模様付きのツンツン髪は、太陽の特徴で間違いない。

二刃はため息をついた。

「凶一郎ならもう少し上手にできそうなもんだけれど」

凶一郎が非公式に作っている数々の六美グッズの一つ、1／1スケール六美フィギュアを見たことがある者なら当然の疑問だ。

しかし太陽はそれを否定する。

「いえ、兄さんにはきっと俺がこれくらいの解像度で見えているんです。俺は全然嬉《うれ》しいですよ」

「それで許せるのはもう聖人の態度じゃないか？　太陽」

嫌五がツッコミを入れた。

だが、クオリティはともかく、凶一郎が太陽のためのプレゼントを完成させたのは事実だ。

「これ、大進歩だよね！」

あるふぁが興奮気味に言う。ひふみも何度も頷く。

「パパもおじちゃんも仲良し。作戦大成功」

「ああ、おじちゃんもやればできるんだ。ご褒美にチューしてくれてもいいぞ」

「「それは嫌」」

両手を広げ、胸に双子が飛び込んでくるの待ちのポーズの凶一郎が即答で拒否されていた。

「それじゃあ焼く準備をしようかね。信楽焼は焼き上がりまで数日かかるから」

太陽と凶一郎、それにひふみあるふぁ嫌五の作品を並べ、二刃が乾燥用の棚へ持っていく。

「……それと凶一郎。空気はちゃんと抜いておくからね」

「……チッ」

二刃が横目で凶一郎に釘《くぎ》を刺すと、彼は大きな舌打ちをした。

「空気？　何の話？」

あるふぁは頭にはてなを浮かべる。

「……いいだろうこの話は」

「見てて御覧」

凶一郎が話題を変えようとするが、二刃が余った粘土で実演してみせる。饅頭《まんじゅう》であんを包むように、小判型に広げた粘土を、空気を包むようにして空洞を作りながら丸めた。

それを棚板と呼ばれる石のまな板のような台に乗せて、工房併設の小さめの窯に入れる。

「本当は扉を閉めないといけないんだが、気を付けて見な」

二刃が合気で風を送ると、火力が一気に上がり、窯の中が真っ赤になる。中の丸めた粘土も真っ赤な影となり、そして次の瞬間。

バン！

大きな音を立てて弾《はじ》け飛んだ。

「あ、危ない……」

飛んできた破片を二刃がキャッチして防いでいるのを見て、あるふぁは呟《つぶや》いた。

二刃は説明を続ける。

「こんな風に粘土の中に空気があると、温度が上がった時に膨張して破裂しちまうんだよ」

「なるほど、このまま焼いてたら太陽の置物が爆発四散！　だったわけか」

嫌五が出発点に話を戻す。

それを聞いて、ひふみとあるふぁがジトッとした目で凶一郎を見た。

「凶一郎おじちゃん……」

「仲良くする気、ないままなの？」

凶一郎は手と首を振って否定する。

「待ってくれ。わざとじゃないぞ」

「あー。嘘《うそ》はよくないな。やる気がないのはまだしも、嘘はよくない」

嫌五がその観察眼で心情を見抜いた。

「いや……待て……」

しらーっという失望の目が四つ。凶一郎を射貫くような視線。

「……これ以上は無理だ……」

「あっ、凶一郎兄さん」

耐え切れなくなった凶一郎は、ついに逃げ出してしまった。

「何で仲良くできないんだろう」

嘘で誤魔化されたこともあり、あるふぁは不満を露《あら》わにしていた。

皿の焼成のために残った二刃と嫌五を置いて、太陽、ひふみ、あるふぁは電車で家へ帰るところだった。在来線は空いていて、この車両には三人しかいない。

ボックス席で向かい合うように座っていた。

太陽が怒っているあるふぁをなだめる。

「あれでも頑張ってくれた方なんだよ。そしてそれは、二人のお願いだったから。そこはわかってあげてほしい」

「僕らのためって……。じゃあ仲良くしてほしいっていうのは、僕らのおせっかいってこと？」

あるふぁは肘《ひじ》をつきながら窓の外を眺めた。あるふぁが落ち込んでいるのを見て、ひふみも俯く。

「大人になるとさ。仲良くするだけが仲良しじゃないいんだよ」

「……よくわかんないよ」

すると、太陽のスマホが鳴った。画面を見ると、六美からの電話だった。

太陽がワンコールで電話を取る。

『もしもし太陽？　今大丈夫？』

「ああ。スピーカーにする」

太陽はひふみとあるふぁにも六美の声が聞こえるように、スピーカーモードにする。

『三人とも長旅で疲れてるところ悪いんだけど、ちょっとお願いしたいことがあって……。今写真送るね』

送られてきたのは、コピー用紙に新聞の見出しを切り抜いて作った、いかにもな犯行声明文だった。

あるふぁが声に出して内容を読む。

「ええと……『我々は仲良し犯罪コンビ、ケンちゃんリョーちゃんだ。金閣《きんかく》と銀閣《ぎんかく》に爆弾を仕掛け、立てこもっている。爆破されたくなかったら銀閣を銀色に塗装して、金閣と対になっている感じをもっと出せ』」

『今太陽たち滋賀でしょ？　そのまま京都《きょうと》に行って、事件を解決してきてほしいなあって』

「了解」

二つ返事で太陽がＯＫする。お土産買ってきて、くらいのノリで立てこもり事件の解決を頼まれるのは、夜桜家ではそう珍しくない。

「ちょっと待って。『なお、金閣と銀閣に仕掛けた爆弾は、同時に解除しなければ爆発する』って書いてあるよ」

「じゃあパパとひふみたちで二手に分かれて……」

『それはダメ』

電話越しの六美がストップをかける。

『近所ならともかく、そんな知らない土地で二人だけにはさせれられないわ』

「じゃあどうやって……」

あるふぁが頭を悩ませる。しかし、解決策は六美からすぐ提示された。

『大丈夫。さっき凶一郎おじちゃんにも連絡したから』

「それなら安心だな」

「それ本当？」

先ほどまでの不仲っぷりを見てあるふぁとひふみは半信半疑だった。だが、父親の落ち着いた様子を見るに、その自信は本物のようだ。

二人はひとまず凶一郎が一方へ、自分たちがもう一方へ向かう作戦を了承する。

「それで、凶一郎おじちゃんは金閣と銀閣、どっちに向かったの」

『あ。聞きそびれちゃった』

「そんな……。それじゃあ今すぐ電話して――」

『それが、ここからは隠密《おんみつ》行動になるからって、向こうから連絡するとき以外は、電波は遮断しているの』

「それじゃあどっちに向かえばいいかわからないじゃないか」

あるふぁは嘆いて頭を抱えた。

しかし、太陽があるふぁを落ち着かせるように頭を撫でた。

「大丈夫だよ」

太陽が言う。

「多分わかるから。凶一郎兄さんがどっちに向かったか」

太陽たちが向かったのは、京都市は左京区《さきょう》。室町《むろまち》幕府八代将軍の足利義政《あしかがよしまさ》の時代に栄えた東山《ひがしやま》文化の代表的な建築物として、わびさびの美が取り入れられたのが、銀閣である。

元々建物の中には入ることができないが、「緊急工事」の名目で規制線が張られ、一般人は近づくことさえできないようになっていた。

太陽は見知った顔を見つける。

「あ、仏山《ほとけやま》さん」

わかめのようにうねりまくった髪に無精ひげ、生気のない目をした刑事、仏山聖司《せいじ》だった。

「おう、太陽。お前が来たか。双子たちも。辛三の結婚式以来か？」

「お久しぶりです」

「です」

ひふみとあるふぁはぺこりとお辞儀をした。

仏山は凶一郎の中学時代の同級生で、夜桜家とは協力関係にある。

「状況は？」

「今のところ目立った動きはないな。金閣の方も同様だ。金閣の方にも誰か行ってるのか？」

「凶一郎兄さんが行ってます。……多分」

「多分……って、連絡付かないのか？」

その質問に太陽が苦笑いで頷くと、ちょうど若い刑事が走ってきた。

「仏山さん！　金閣の方から連絡来ました！　夜桜凶一郎氏からです！」

「おーやるな太陽。ビンゴじゃないか。それで凶一郎は何て？」

「『三分だ』とだけ……」

「相変わらず勝手なやつだ。それ、連絡来たのはいつだ」

「二十秒ほど前かと……！」

時計は十九時を三分ほど過ぎたところだった。ただし、秒数までは正確ではない。

「爆弾は同時解除が必要なのに、雑な指定だな……」

仏山はだるそうにため息をついた。

「だとさ。行けるか太陽」

「慣れてますから。ひふみとあるふぁはここで待ってて」

そう言って、太陽は単独で銀閣へ突入した。

普段は中に入ることもできない国宝だ。かつて身に着けた花踏《はなぶ》みの応用で、ほとんど建物に体重をかけることなく進む。

道中には、無数の小型爆弾が設置されていた。形状からして、犯行声明にあった「同時解除必須」の爆弾とは別物だとわかる。太陽は全てを無力化し、回収して進んだ。

全部で十三個の爆弾を処理した太陽は、そのまま二階に上がった。

二階にいたのは一人。全身黒ずくめ、目出し帽を被《かぶ》り、サングラスまでして姿を隠しきっている。にもかかわらず、胸には大きなゼッケンを縫い付け「ケンちゃん」と記されていた。相方のリョーちゃんとの服の区別はばっちりということだろう。

「なっ、お前!?」

太陽の侵入に気付いたケンちゃんは、すぐさま銃を構え、発砲する。

「ちょっと、建物が傷ついたらどうするんだ」

太陽は、『硬化』の開花を発動し、右手をかざして弾丸を受け止めた。

ケンちゃんはそのセリフを聞いて、ニヤリと笑う。

「ははあ、だったらこれは困るよなあ！」

彼はそう言って黒のジャケットをまくりあげた。腹に巻かれた爆弾が露わになる。

「俺を取り押さえようとするならこの爆弾を起動させる。解除しようとしたって無駄だぜ。声明文の通り、リョーちゃんの爆弾とリンクしてるからな。片方が解除された一秒後には、もう片方が爆発する。お前はちょっとばかし強そうだが、それでも一人じゃ解除はできない」

太陽は腹の爆弾を見て、足を止めた。持っていた銃を放し、手のひらを見せて攻撃の意思がないと示す。

「そうだ、それでいい」

ケンちゃんは口角を吊り上げた。

「何でそんな設定にしたんだ？」

手持ち無沙汰になった太陽が、ケンちゃんに尋ねる。

「聞きたいか？　なら教えてやる……。こうすることで『二人組の犯罪者』ってのが印象に残るからだ。俺たちは仲良しだからな。今までの犯罪もそうなんだ。俺たち二人だからこそできるってところを世界に知らしめるのが目的だ。今回だって銀閣が銀色じゃなくても別に構わねえ」

急に饒舌《じょうぜつ》になるケンちゃんを、太陽は冷静にプロファイリングする。つまりは、この二人は、二人の仲良しアピールのために犯罪を繰り返しているのだ。自己顕示欲タイプの、自己が相棒にまで拡張されている。

しかも、そのためなら腹に爆弾まで巻く本気具合だ。やってることはただの犯罪だが。

「確かに、お前たちに比べたら、俺と凶一郎兄さんはバラバラかもしれないな……」

ここまでの旅路を思い出し、太陽はしみじみ呟いた。

ひふみとあるふぁが知恵を振り絞って企画を考えてくれて、北海道から九州《きゅうしゅう》まで全国を回ってきたが、ろくに目が合った記憶さえない。ひふみとあるふぁには申し訳ない気持ちがあった。

けれど、一緒の時間を楽しく過ごすとか、いわゆる「仲がいい」ことだけが重要ではない。

「俺と凶一郎兄さんの仲は悪いけど、向かう先は一緒だ。通る道や、使う手段は違っても、同じ目的を達成することはできる」

「さっきから何の話をして——」

それは、時刻十九時六分。秒針が、二十三を指した瞬間だった。

「え？」

思わずケンちゃんは声を上げた。無理もないだろう。目の前にいた男が一瞬にして姿を消したのだから。

そして、消えた太陽を探そうと首を動かしたそのときには、もう腹に拳がめり込んでいた。

「……がっ……!?」

声にならない悲鳴が、喉の奥から漏れ出る。

ミシッという肉を打つ音と同時に、バキッと軽い材質の物が割れる音がした。腹部に巻かれていた爆弾が、その光を失った。

「グ……がは……。やるな。俺を殴ると同時に、爆弾の起爆装置を停止させるとは……」

ケンちゃんは膝をつき、苦しそうに声を絞り出す。しかし、その顔は歯をむき出しにして笑っていた。

「だが……ははは！　解除してしまったなあ！　金閣で爆発が起きるぞ……。ほら、耳を澄ませれば……！」

　それを聞いて、太陽は、耳に手を当ててみせた。

　そのまま、数秒が経《た》つ。

「……何も聞こえないいな」

　銀閣には静寂が満ちたままだった。まさにわびとさびを感じさせる、銀閣らしい静けさと言えるだろう。

「な、なぜだっ……！」

　先ほどまで笑っていたケンちゃんは、理解ができず叫ぶ。

「金閣の方でも爆弾が解除されたんだ、同時に」

「馬鹿な。連絡など取っていたようには見えなかったぞ」

「あらかじめ時間を決めて、その通りに解除しただけだ」

「今の戦闘の中で、一秒単位で俺を無力化し、爆弾を解除するタイミングを計っていただと!?　そんなことできるはずが……、それも二か所で、お互いがお互いの成功を信じていたというのか」

　そう、この作戦だと、失敗したら解除が遅れた方は爆発に巻き込まれてしまう。この作戦では、時間通りに解除する実力の他に、もう一人の実力を信じることが必要なのだ。

しかし、何の躊躇《ためら》いもなく、太陽と凶一郎はこの作戦を実行した。

「くっ……俺たちより、仲良し……ってことか……ガフ」

そう言い残して、ケンちゃんは気を失った。

残された太陽は、苦笑いで呟く。

「仲良し……とは、違うんだけどな」


「「パパ！　凶一郎おじちゃん！」」

犯人を捕まえた太陽と凶一郎が戻ってきたのはほぼ同時だった。

凶一郎が捕まえてきた犯人も、黒の上下に目出し帽の、ケンちゃんと同じスタイルだった。胸のゼッケンには当然「リョーちゃん」の文字が記されている。

「すごいよ、本当に同時に爆弾を解除しちゃうなんて」

「息ピッタリ」

あるふぁとひふみが興奮した様子で太陽と凶一郎のコンビネーションを賞賛した。

しかし、褒められている内容が内容だけに、凶一郎はやや不満げだった。

「フン。これくらい夜桜家のスパイなら当然だ」

すると、犯人に手錠をかけたり諸々の処理をしたりしながら仏山が尋ねた。

「でもこの馬鹿、時間指定クソ雑だったよな？　どうやって合わせたんだ？」

「誰が馬鹿だ」

喚《わめ》く凶一郎を置いて、太陽が答える。

「俺と凶一郎兄さんに共通している目的……それは、六美のために動くこと。だから、六分二十三秒が、合図だってわかったんです」

あるふぁが納得して頷いた。

「なるほど、語呂合わせか」

「でも、そんなことしなくても具体的な時間を言っちゃだめだったの？」

ひふみが疑問を呈する。双子の質問には、凶一郎は丁寧に答える。

「スパイたるもの、情報が持つ力の大きさはよく知っておくべきだ。そして、常に漏洩《ろうえい》のリスクをケアすることも。プロはそういうとき、相手にだけわかる暗号を使うものだ」

それを聞いていた仏山が、同級生のノリで凶一郎をからかう。

「つまり、太陽の実力は信じてたわけだ」

「そのわかめを根絶やしにされたくなければ黙れ……」

そう言うと、凶一郎は背を向けて空を仰いだ。

「顔を見ていると憎しみが湧いてくるが……実力は認めていないわけではない。顔を突き合わせず協力するくらいがちょうどいいんだ」

ひふみとあるふぁからはその表情が見えなかった。けれど、きっと笑っているんだろうと思った。

ひふみとあるふぁは顔を見合わせる。

(ねえ、あるふぁ。これって……ツンデレ?)

(ああ。でもおじちゃんには言うなよ?　否定するためにまたパパをいじめるポーズを取っちゃいそうだから)

二人は小声で話し合う。

そう思えば、凶一郎の言動すべてが裏返って見える。六美や他の兄弟、太陽自身も凶一郎の蛮行をそれほど気にしていないのも納得だ。

二人の関係がわかったところで、ひふみとあるふぁはこくりと頷き合う。

そして、凶一郎に話しかけた。

「僕たちにもわかったよ。無理に仲良くしようとしなくても大丈夫だってことが」

「ひふみたち、余計だったね」

申し訳なさそうにする二人を凶一郎がフォローする。

「いや、お前たちの想《おも》いは嬉しかったぞ。旅行も、太陽とではなくお前たちとしていると思えば楽しかったしな。ありがとう」

「俺も嬉しかったよ。また企画してくれるの、楽しみにしてる」

太陽もしゃがんで二人に目線を合わせ、笑いかけた。

「「うん！」」

二人は、笑顔で返事をした。

そういえば、とあるふぁが気になったことを尋ねる。

「パパは何で凶一郎おじちゃんが金閣に向かうってわかったの？」

「ああ。最近、凶一郎兄さんはアラサーになって年齢のことを気にしているんだ。年寄り臭く見られないよう、最近のゲームについて一生懸命調べたりとかね。そんな兄さんなら

『シルバー』とか『渋い』銀閣は避けるかなって」

「「なるほどー！」」

ひふみとあるふぁは膝を打った。

しかし、納得していない者がここに一人。

「ほう太陽。お前、俺のことをそんな風に見ていたのか？」

「……あの、凶一郎兄さん。仲良くないのはいいとして、殺気まで出すのは止《や》めてほしいな～……なんて」

「俺が金閣を選んだのは、金の方がより強い者、すなわち俺にふさわしいからだ。そして若者にすり寄ってなどいない。なぜなら若いからだ」

だんだんと凶一郎から発せられる殺気が重くどす黒くなっていく。

「あ、ひふみあるふぁ？　パパ、先に帰るからおじちゃんとゆっくり帰っておいで」

「どこへ行く太陽。せっかくの京都なんだ。清水《きよみず》の舞台から飛び降りてみたくはないか？」

走り出す太陽と追いかける凶一郎。

しかし、それを見守るひふみとあるふぁに、心配する気持ちはもうない。

二人の間には、確かな信頼があることを知っているから。

二人はこれでいいのだ。

「あ、つかまった」

「あー吊るされてる」

多分。

激闘！おもちゃ戦車

Mission:
Yozakura Family

「まずいっ……！」

荒野を走る一台の戦車。その内部、無数のレバーにスイッチ、メーターが並んだ操縦席で、辛三《しんぞう》は焦った声を上げた。

近未来的な操縦室に備えられた三百六十度モニターは、皮肉にもこの危機的状況をはっきりと映し出す。

眼前に広がるのは、無数の球状ドローン、シオン球団《ズ》ジュニア。前後左右に加え、頭上にも配置されたドローンは、円形のレンズ型銃口を向け、今にもレーザーを放とうとしていた。

通信が入り、モニター上に四角いウィンドウで切り取られた四怨《しおん》の顔が映る。彼女は顎《あご》を上げ、見下すような角度で笑みを浮かべた。

「おいおい辛三。どうやら『ひふみあるふぁに尊敬され王《おう》』の座はあたしのものみたいだなあ」

まるで悪役のように笑う四怨を前に、辛三の頬《ほお》を汗が伝った。

四怨に追い詰められた辛三は、それでも瞳に闘志を燃やす。

「ここまで来たのに……負けるわけにはいかない！」

辛三の脳裏には、今日の出来事が思い返されていた。


「おお～！　ここが決戦の地ってわけか～」

嫌五《けんご》が、前髪で隠れた目の上に手をかざすようにして、辺りを見渡しながら言った。

とある日曜日。辛三、四怨、嫌五、七悪《ななお》の四人がやってきたのは、夜桜《よざくら》家が住む地区では最大級のイベント会場だった。

イベントホール一つを貸し切って設営された特設会場はかなりの規模で、ステージや物販などのコーナーも見られる。さらに、数千はいようかという来場者で大盛況の様子だった。

「あっちはアニメのコーナーみたいだな。辛三、声優さんと握手できるみたいだぞ」

四怨が声をかけるが、辛三の耳には入っていないようだった。

「これがみんなライバルってこと……?」

人混みに顔を青ざめさせながら辛三が言うと、七悪がその大きな背中をさすった。

「いや、全員じゃないと思うよ。大会の参加人数は千人くらいのはずだから、物販や観戦目的の人が多いんじゃないかな」

「誰だろーが何人だろーが倒すだけだ――」

そう言いながら四怨は懐からあるものを取り出す。

「あたしのこのシオンエンペラーでな!」

四怨が掲げたのは手のひらより少し大きいくらいの、おもちゃの戦車だった。

そう、今日は最近の子供たちに大人気のおもちゃ、「SPパンツァー」の公式大会に来ているのだった。

SPパンツァーは、小型の戦車風模型をフィールドの中で戦わせて遊ぶ対戦型玩具である。最新技術の詰まったおもちゃで、自分の戦車に様々なパーツを付け替えたあとは、専用のゴーグルによって疑似的に戦車に乗り込むことができる。自身がカスタマイズした戦車を操縦してバトルを行うというわけである。

戦車同士で戦うというシンプルなルールと、戦車風ながら近未来を思わせる流線形のかっこいいボディは発売直後から瞬く間に少年たちの心を掴《つか》んだのだった。

さらに、戦車のカスタマイズ性が高く、操作テクニックや戦略性も求められる奥深さも兼ね備えている。結果、子供以上にのめり込む大人《おとな》たちも続出中。

そんなSPパンツァーに魅せられた者たちが夜桜家にもいたというわけだ。

辛三は七悪の言葉を聞いて、もう一度会場を見渡した。心を落ち着けるように、ベルトホルダーに収まる自分の戦車に手を伸ばしながら呟《つぶや》く。

「それでも千人か……。その中で優勝賞品を手に入れられるのはたった一人。絶対に負けられないな」

「ひふみとあるふぁのためにもね」

辛三の決意に七悪が頷《うなず》いた。

それを聞いて、嫌五が頭の後ろで手を組んで、姪《めい》と甥《おい》に思いを馳《は》せる。

「二人は今頃テスト中かあ」

そう。この場に本来いるべきだったひふみとあるふぁは、帝桜《ていおう》学園のテストと重なったために不参加となっていた。元々はこのSPパンツァーも、ひふみとあるふぁが始めたところに、一緒に遊びたい四怨たちが付き合い始めたという順番だった。

「テストなんてサボればいいのにな」

「そりゃ四怨は不真面目《ふまじめ》だったから」

「嫌五も人のことは言えないだろ」

軽く言い合う四怨と嫌五に、横から七悪が言う。

「でもえらいよね。本当は大会に出たかっただろうに、ちゃんとテストを優先してて」

「それな……！　あるふぁは『ずっと一位を目指して勉強してきたから、僕はこっちで一位を獲《と》るよ』って一層勉強を頑張っててさあ」

「それを言うなら、ひふみは勉強好きじゃないのに、『あるふぁが頑張るならひふみも』って……偉すぎるだろ」

嫌五と四怨が、ひふみとあるふぁのいい子具合を思い出しながら目を潤ませた。

辛三が流れる涙をぬぐいながら言う。

「そうだな……。そんな二人のために、俺たちで優勝賞品の特製カスタマイズパーツをプレゼントするんだ」

ひふみとあるふぁのため。負けられない理由が出来た四人は、今日の大会に向けてよりハードな特訓を重ねてきたのだった。

そんな会話をしていると見知った人に声をかけられた。

「おやおや、これは夜桜の方々じゃないっスか」

「あれ、宇佐《うさ》じゃないか」

辛三が反応する。声の主は地獄耳の宇佐。裏ゴシップ誌スパイデーの記者で、垂れたうさみみの帽子がトレードマークだ。

「お久しぶりっス！　辛三さん！」

はつらつとした笑顔で宇佐が手を振った。

「なんだ、やけに仲良さそうだな」

四怨の疑問に辛三が答える。

「俺は龍《りゅう》さんのところで修業してたから、その時お世話になったんだ」

「お客さんにはだいぶ厳しい環境っスからね、うちの編集部は……」

セクハラ（アレクサンド龍から辛三に向けて）とパワハラの横行する超絶ブラック環境のスパイデー編集部。そこでの日々をともに乗り越えた二人には、奇妙な絆《きずな》が芽生えていた。

「今日も無茶ぶりされてるのか?」

嫌五がからかい気味に言うと、宇佐は笑顔で首を振って否定した。

「今日はシンプルに取材っス! 今朝《けさ》突然、観戦記事を書いて来いって言われて放りだされたっス!」

「相変わらず大変そうだね……」

「いえいえ! これぐらいは本来の仕事なだけマシっスから」

七悪の同情にも、宇佐は平気そうな顔をする。

「あ、君、地獄耳の宇佐だろ?」

そんな宇佐に、大会運営らしき服装の男が声をかけてきた。

「へ? ハイ。そうっスけど」

「ちょうどよかった。実況を頼んでいたアナウンサーの人が来られなくなったみたいでさ。代役頼むよ」

「え? あの、ウチ、確かにクイズ大会で実況とかやったっスけど、記者が仕事であって……あ、編集長許可済み? やらないと減給……? ぶ、ブラックっス〜〜〜!」

連れていかれる哀れな宇佐を見て、四人の脳内では悲しげな音楽が流れるのだった。

気を取り直して、四人は大会の組み合わせ抽選の結果を確認する。

四人が参加するのは十三歳以上の部、「マスタークラス」だ。四つのブロックに分かれてトーナメント戦をし、ベスト４が決まったら中央のメインステージでの対戦となる。負けたら終わりの一発勝負だ。

「まあ、ものの見事にばらけたな」

四怨が言うと、七悪が答える。

「日頃の行いが良かったんだね」

大会の参加受付をした入り口で渡されたカードには、四人それぞれ違うアルファベットと番号が書かれていた。ベスト４までは、夜桜家同士で戦うことはない。

「身内に当たるまで負けんなよな」

嫌五は煽《あお》るような言い方で他の四人を鼓舞する。四怨と七悪が「当然」「がんばるよ」と、やる気十分で答えた。

「よし、優勝して、ひふみとあるふぁにパーツを届けよう！」

辛三を中心に円陣を組み、四人はそれぞれのブロックへ向かった。

辛三が割り振られたのはDブロック。会場の中では一番奥の区画が割り当てられている。ブロック名に数字を続けた「D—1」や「D—2」といったカードが吊《つ》るされたスタンドを目印に向かうと、ビリヤード台くらいの大きさのパンツァーフィールドが設置してあった。パンツァーフィールドには、荒野のジオラマが作られており、SPパンツァーはこのジオラマの中でおもちゃの戦車を戦わせる。

「D—8」までの数字を見かけたので、この区画には八つのフィールドがあるようだった。それぞれのフィールドに一人、スタッフパーカーを羽織った運営の審判が付いている。

「ふぅーっ……」

人混みに一人で放り出された辛三の心拍数はやや早め。しかし、辛三も大人《おとな》になったのだ。ゴミ箱戦車に籠もることもなければ、逃げ出すこともしない。できるだけ冷静に、勝利のために必要な思考に努めた。

このトーナメントの組み合わせは完全ランダムである。シードなどもちろんない。つまり一回戦の相手が、いきなり優勝候補ということだってあり得る。ロールプレイングゲームではないのだ。最初の町から順番に、自分の強さに合った敵が現れるわけではない。五年間でさらなる成長を遂げた辛三には、その心構えがあった。

人混みの緊張よりも、今はそれが大きい。

（ひふみとあるふぁのためにも、絶対に負けられない……！）

天使のような姪っ子と甥っ子がテストを頑張っているのだ。四人の誰でもいいから優勝して、賞品をプレゼントしてあげたい。

辛三は改めて覚悟を決めた。

案内を頼りに「D―4」のフィールドに到着する。

そして、大事な初戦の相手として現れたのは。

「なぁんで夜桜がいるんだよ！」

水色の長髪を後ろで一つに結んだ男が、辛三を見るなりすごい剣幕で怒りを露《あら》わにした。

十四歳のときに、世界的な玩具店「ぽぽっぽ本舗《ほんぽ》」の社長に就任。以後八年もの間業界トップを走り続ける敏腕社長、鳩田《はとだ》飛鳥《あすか》その人だった。

「……お久しぶり……です……？」

「直の絡みがなかったからって露骨に人見知りな反応をするんじゃない」

たとえ鳩田相手でなくとも人見知りリアクションだっただろう辛三だが、この鳩田にはとりわけ反応が悪くなる。彼は犯罪コンサルとしての裏の顔を持ち、六美《むつみ》の血の力を求めて何度も誘拐を画策した悪人なのだ。

「まだ捕まってなかったのか」

「失礼だな、この僕がそんなヘマするわけがないだろう。あ、ちなみに、六美ちゃんと結婚する夢は諦めてないぞ。いくら子供が生まれたからって関係ないからな！」

（この人は俺が止めないといけないのかもしれない）

相変わらずのストーカー気質にドン引きの辛三は、鬱金《ウコン》にいつでも手を伸ばせるよう覚悟を決めた。他に何か企んでいないか、辛三は鳩田に質問する。

「今日は何をしに来たんだ？」

鳩田は気を取り直して答えた。

「ぽぽっぽ本舗の社長として、最新のおもちゃトレンドは肌で感じておかないといけないからな。こういうのは自分で実際に遊び、また遊んでいるお客様の顔を直《じか》に見ることも重要なんだ。だからこうして大会にエントリーするのも当然なのさ」

「普通に偉い……」

鳩田飛鳥。若くして世界一のおもちゃメーカーを経営しているだけにその手腕は本物で、研究努力も怠らない。

「……まあ、出場しながらついでに妨害工作でもしてやろうとは思っているけどね。くそっ、ニバンダイめ……ちょ〜っと面白いおもちゃを開発したからって調子に乗るなよ。うちの方がまだまだ株価は上なんだからな」

ただし、話せば話すほど、邪悪の側の人間である。

もうこいつと話していると頭が痛くなりそうだ、と思ったところで、助け船のように大会運営の人から試合を開始するように声をかけられた。

二人は審判の指示に従ってフィールドを挟む形で相対する。戦車を開始位置にセットすると、ゴーグルを装着した。

辛三の視界に、操縦席からの映像が広がる。といっても、現実の戦車のような限られた視界とは違って、壁が透過され、三百六十度が見渡せるようになっていた。雰囲気づくりに無数の計器やレバーがあるが、実際に操作に使うのは手元に持ったコントローラーだ。

ゲームネイティブの小学生ならすぐに遊べる直感的な操作となっている。

「今回はオーソドックスな荒野か」

周囲は赤茶けた土で形成された乾燥地帯となっている。木々などはなく、遮蔽物は多くない。ただし、なだらかな丘によって、低い位置からは遠くを見渡すことができなくなっている。

『まもなく、戦闘を開始します――』

視界にポップアップする形で、運営からのメッセージが表示される。

『3、2、1――パンツァーファイト、開始！』

カウントダウンの後、試合が始まった。

辛三はまずセオリー通り、敵を狙える位置を取りに行く。今回のフィールドなら丘の上だ。

辛三の戦車「天磐船三号《あまのいわふね》」は、オーソドックスな機体で、実在の戦車らしい形状をしている。武器の扱いに長《た》けた辛三ならば、シンプルな戦法が一番向いているのだった。

しかし、SPパンツァーのカスタマイズ性は無限大である。

『はっはっは！　そうやって地べたを這《は》いつくばるのが君の限界だろう！』

「何っ？」

辛三の元に、対戦相手である鳩田からビデオ通信が入った次の瞬間。辛三は視界に、鳩田の戦車を捉える。それは、本来戦車があるはずのない領域——空だった。

『見よ！　この荘厳なる翼を！』

鳩田が繰り出したのは、なんと翼を持った戦車だった。白銀の機体は流線形。戦車の概念を覆すその翼は、店頭に並ぶようなパーツではない。

『僕はプロのおもちゃメーカーで資金も潤沢で専用パーツをオーダーメイドできる工場ラインを押さえていて、今回の大会のためにオリジナルアタッチメントを作れるけど、卑怯《ひきょう》とは言わないよな？』

通信画面内の鳩田はふんぞり返り、愉快そうにまくし立てた。

無限軌道とも呼ばれる、戦車のもつベルト式の駆動輪は、様々な地形を走破するのに適している。その分、速度や旋回性に若干の不利があるものだ。しかし、浮かせてしまえば、どんな地形でも関係ないし、小回りだって利く。

何より、通常の戦車は、主砲の射角の限界や、照準器の特性上、空中の敵に狙いをつけるのを苦手としている。

『さあ、この速度についてこれるかな！』

鳩田が余裕ぶるのも納得で、独自パーツによって戦場を空に変えた時点で鳩田の有利は圧倒的なものとなった……かに思われた。

辛三の機体は確かに対空装備を施していない。しかし、扱うのは武器のスペシャリスト、夜桜辛三なのだ。

「行け！　天磐船三号！」

瞬時に戦車を動かし、地形の傾斜を利用して、砲塔を仰がせる。これにより、射角の問題を解決。さらに、動き回る鳩田の戦車にも、迷いなく狙いをつけ、一瞬にして攻撃態勢を整えると迷いなく砲撃。

その一撃は破壊力もすさまじい。本来なら火力の高い砲弾ほど発射までの時間や、命中率に難があるものだが、辛三にそのデメリットはほとんどない。砲弾は鳩田の戦車の中心を捉え、瞬く間に撃墜した。

『ゲームセット！　勝者、辛三選手！』

審判が宣言し、視界にメッセージが表示されると、辛三はゴーグルを外した。

「ふぅ……まずは一勝」

辛三は安堵《あんど》のため息をつく。ゴーグルを外した現実では、審判と鳩田、それに周りで見ていた他の参加者たちが目を丸くしていた。

「…………いや、強すぎだろ……」

あまりの実力差に、鳩田は喚《わめ》く気力も出ないのだった。


夜桜家内という環境で切磋《せっさ》琢磨《たくま》することで、強くなりすぎていた辛三は、その後も難なく敵を撃破。ブロック優勝し、ベスト４までコマを進めていた。

ベスト４からはステージの上、実況付きのセンターフィールドでの試合となる。運営から渡された「Ｄブロック代表」のプレートを持って、指定の場所へ向かうと、そこには案の定な顔が揃《そろ》っていた。

「流石《さすが》辛三兄ちゃん！　勝ったんだね」

成人しても兄の前では無邪気な末っ子の顔を覗《のぞ》かせる七悪が、手を上げて辛三を出迎えた。

「波乱はなしかぁ」

嫌五が頭の後ろで腕を組み、退屈そうに言う。

「でも辛三が負けたらショックだったろ？」

「もち」

四怨の指摘に、嫌五は即答した。

参加した夜桜家勢ぞろいというわけだ。

「ってことはみんなも？」

辛三が尋ねると、三人はそれぞれのブロックのプレートを掲げる。

「ああ。ベスト４はあたしらで独占だ」

その言葉を聞き、辛三は張りつめていた緊張を解いて、顔をほころばせた。

「よ……よかった～！」

その様子に四怨が訝《いぶか》しげな顔をする。

「まだ試合は残ってるぞ。しかも、準決勝と決勝なんて来場者全員大注目だ」

「それは緊張するけど……でも優勝賞品の特製パーツは、俺たちの誰かが手に入れることは確定だろ？　これで試験を頑張ってるひふみとあるふぁにお土産《みやげ》が出来たよ」

曇りのない笑顔。ひふみとあるふぁのため。純粋に二人のことを思って大会に出場した辛三にとっては、もう目的を達成したも同然だった。

しかし、そんな辛三の発言を聞いて、四怨はため息をついた。

「おい辛三。あのな――」

「準決勝進出の方は、こちらから舞台上にお上がりくださーい」

スタッフTシャツを着た運営の人に、四怨の言いかけた言葉は遮られた。残りの試合は実況付きで配信されるためか、多くの大人が慌ただしく動き回っている。雑談の暇はなさそうである。

四人がおとなしく案内に従っていくと、舞台袖に待機していた宇佐と鉢合わせた。

「おっと皆さんがベスト4っスか？　まあ夜桜家の皆さんなら当たり前……あ、もう？」

挨拶さえする暇もなく、運営スタッフが宇佐に舞台上へ向かうように指示した。

「挨拶する暇さえないんっスね……いいっスいいっス、覚悟の上っスから」

彼女は一瞬遠い目でため息をついたあと、マイクのスイッチを入れて、元気よく舞台へ飛び出していった。

「さあ！　ベスト4からはこのセンターフィールドで、実況解説付きでお送りするっスよ！　実況はウチこと地獄耳の宇佐。任されたからには精一杯やらせていただくっス」

「宇佐……プロだな……」

無理やり押し付けられた役回りながら、なんだかんだと逞《たくま》しい宇佐に辛三は心の中で拍手を送った。

舞台の脇には実況解説席が設けられており、宇佐はその席に向かう。

椅子は二つ用意されていた。

「さらにゲスト解説はご存じこの方！　アニメ『爆進《ばくしん》！　ＳＰパンツァー』の主人公、武《ぶ》道《どう》トッパの声優を務め、ご自身もパンツァーファイターである、声優の郷《ごう》ハヤテさんっス！」

宇佐のアナウンスとともに、反対側の舞台袖から、爽やかな青年が登場する。

「『行くぜ、ソル・フェニックス！』どうも、トッパ役の郷ハヤテです」

「すごいすごい！　見てよみんな、本物だよ！」

プレッシャーから解放された辛三が、小声で興奮しながら兄妹《きょうだい》たちの背中をバシバシと叩《たた》いた。

「辛三、いてえ」

「後衛組の俺らに筋肉ダルマの兄貴のパンチは下手《へた》すりゃ致命傷だぜ」

青ざめた顔で四怨と嫌五が言う。

ゲストの紹介が終わると、ついに選手入場となる。辛三から順に、舞台上へ上がっていく。

四怨は辛三の背中を見ながら、考えを巡らせた。

（さっきの発言……辛三は優しいからひふみとあるふぁにプレゼントできるとなって嬉《うれ》しいんだろうが……）

先ほど言いかけた言葉を、四怨は結局言わなかった。


準決勝第一試合は辛三対七悪の組み合わせとなった。

両者、センターフィールドを挟んで向かい合う。

「辛三兄ちゃんとは決勝で当たりたかったんだけどな……」

「勝っても負けてもいい勝負にしよう」

残念そうな七悪に、辛三は優しく声をかけた。

今回のフィールドは、予選とは違って、高低差は少ないが一部が林となっている。一か所だけ小高い丘があり、対戦相手の頭上を取れるが、狙いがわかりやすいデメリットもあるため、駆け引きが生じる。

それぞれが自分の戦車をセットし、ゴーグルを装着した。

「それでは準決勝の始まりっス！　3、2、1……パンツァーファイト～、開始っス！」

そして宇佐の合図で火ぶたが切られた。

辛三、七悪、それぞれの戦車のエンジンが唸《うな》りを上げる。初期位置は距離があるものの、林に入らなければお互いが見えるポジションだった。

辛三は相手の動きを待たず、自分の攻撃を通しやすい、高台のポジションを狙って走り出した。

（七悪の戦車は攻守のバランスが取れたタイプ。俺の天磐船の強みである火力を押し付ければ、防御手段はないはず――）

「……って、え!?」

辛三は思わず声を上げる。なぜなら……。

『なんと七悪選手、四方八方に向けて大砲を乱射しているっス！　これはどういうことっスか？』

七悪の砲塔はやや仰ぐ角度のまま、絶えず回転と発射を繰り返している。当然、辛三の位置には程遠く、それどころか何か狙いをつけているようにすら見えない。

さらにいえば、撃ち出された砲弾のどれもが、着弾地点では勢いを失っている。地形を破壊し、フィールドを作り替えるような効果も得られていない。

しかし、不発などではなかった。七悪が放ったのは、通常の弾ではないのだから。

着弾点近くに目を凝らすと、青いプルプルした物体が、跳ねまわっているのが見えた。

辛三は、それが見慣れたものだと気が付く。

「これは……七悪スライム!?」

フィールドに放たれたのは、七悪の細胞を変化させたゼリー状の物体だ。自律して動き回り、さらに分裂によって増殖する。

気付けばフィールドのあちこちで七悪スライムがぷるぷるピョンピョンと動きまわっていた。

驚きを隠せない辛三に対し、七悪は通信を繋《つな》いで冷静に解説する。

『ほら、もう兄ちゃんの戦車にもたどり着くよ』

「まずいっ……」

スライムに囲まれる前に、七悪を狙える位置を目指そうと、辛三の戦車は加速する。しかし、既に進行方向には、増殖したスライムが待ち構えていた。主砲の照準を合わせる隙もなく、スライムの体当たりを受ける。

ベシャッ、と水っぽい音をさせて、辛三の戦車にまとわりつくと、スライムは動かなくなった。

「……ダメージがない？」

『気を付けてね。そのスライム、可燃性だから』

七悪はニッコリと微笑《ほほえ》む。辛三の背中を冷たい汗が伝った。

「可燃性……ってことは、俺が大砲を撃った瞬間、引火して炎上するってわけか」

『そういうこと。僕も辛三兄ちゃんが火だるまになるところは見たくないからね。降参した方がいいよ』

あっという間に不利な状況に追い込まれた辛三は、そのピンチに表情を険しくする。だが、すぐにその表情を緩め、笑った。

「すごいな七悪。いつの間にそんなカスタマイズをしたんだ」

『それはもちろんこっそりね。辛三兄ちゃんに勝つためだよ』

七悪は得意げに、ピースをしながら答えた。

『大会に出ることが決まったとき、みんなとこうして戦うことになるのはわかってた。だから、みんなにバレないように切り札を用意してたんだ』

「そんな先まで考えていたなんて……」

『まあ僕だけじゃないだろうけど』

辛三が驚いていると、七悪は舞台袖にいる二人に話を振った。次の対戦を控え観戦していた四怨と嫌五も通信に入り、七悪に続いて言う。

『そういうことだ、辛三。あたしもばっちり秘密兵器を準備済みだ』

『当然俺も。勝ちを他の兄弟に譲る気はないぜ』

『あたしらみんな、兄弟に勝つために切り札を用意してきた。それと比べると辛三。お前は真剣じゃなかった、手を抜いてるともいっていい』

「そんな、俺はそんなつもりは……」

『いいや。なら、ちょっと追い込まれただけでもう諦めようとしている現状はなんだ?』

四怨が辛三の弁を否定する。

七悪が辛三に向けて続けた。

『凶一郎《きょういちろう》兄ちゃんと二刃《ふたば》姉ちゃんはちょっと親目線が入るから、辛三兄ちゃんが〝お兄ちゃん〟って感じが一番する。一緒に遊ぶ中では年が上だから、全力を出さずに、勝たせてくれることも多いよね』

『それは辛三の優しさだ。でも、あたしらだって、全力でぶつかって、全力の辛三に勝って喜びたいんだよ』

四怨が言うと、嫌五がうんうんと頷く。

「でも……昔……」

辛三の脳裏にはよぎる。対戦ゲームで負けた時、めちゃくちゃ拗《す》ねた幼少期の四怨や嫌五が。

『辛三ズルい！』

『兄ちゃんズルい！』

そんな二人の相手をするうちに、優しいお兄ちゃんが芯まで染み付いてしまった辛三には、遊びで妹たちをボコボコにする、というのはどうしても抵抗があった。

『何年前の話をしてんだよ。俺たちもう子供じゃないぜ？』

嫌五が呆《あき》れ気味に言う。

『それで言うなら辛三。お前がかっこいい姿を見せるべきは、もうあたしらじゃないだろ？』

そう言われ、辛三の脳に浮かぶ二人の顔。

「ひふみ……あるふぁ……」

四怨が頷く。

『そうだ。……簡単に言うとあたしらだって全員なあ』

四怨がカッと目を見開いた。

『兄弟の中で最強を証明して、ひふみとあるふぁにめちゃくちゃ尊敬されたいんだよ！』

その魂の叫びに、嫌五と七悪が何度も頷く。

『それが、兄貴が本気じゃなかったら〝やっぱり辛三おじちゃんが一番強いのかな〟ってなっちゃうだろー？』

『せっかく勝ってもそれじゃあ悲しいよ』

『……ともかく、いいのか辛三。兄弟の中で一番修業からの合流が遅かったこと気にしてただろ？』

「それは……」

四怨の指摘は事実だった。ただでさえ気遣いしいの辛三だ。それが四歳の甥と姪相手でも、「一気に家族が増えて目まぐるしいだろうから」と、あまりガツガツと絡むことはできていなかった。

しかし、それに満足はしていない。もっとひふみとあるふぁと遊びたい！　いいおじさんだって思われたい！　そんな欲望はいつだって心の奥底にあった。

「二人に尊敬される」。今の自分はどうだろうかと、辛三は考える。

優勝賞品をプレゼントすれば、ひふみとあるふぁは喜ぶだろう。しかし、一番すごいのはやはり優勝した人だ。このままでは、自分はそれにはなれない。

それに何より。ひふみとあるふぁと一緒に遊んだSPパンツァーは、いつだって全力で遊ぶものだった。アニメの主人公、武道トッパだって言っていた。

『最後までガチでぶつかるのがパンツァーファイターだろ！』

みんなでアニメを視聴したとき、そのセリフに一緒に心打たれたのだった。

であるならば、今するべきことは明白だ。

辛三はパン、と自分の頬を両手で力強く打った。

「わかったよみんな……。俺、ガチでぶつかる！」

辛三の覚醒に、七悪は安心したように笑った。

『そうこなくっちゃ』

そのやり取りを見て、四怨と嫌五は通信を切る。

「狙い通りとはいえ、これで決勝が厳しくなるかもなあ」

「おい嫌五。もう決勝に行ったつもりか？　あたしに勝てるとでも？」

「負けるつもりで戦うやつはここにはいないぜ」

そんな会話をしながら、視線は試合の続きに注がれる。

『ど、どうやら本番はここからみたいっス！』

一連のやり取りを見守りながら、実は上手《うま》く場を繋いでいた宇佐が、試合の実況に戻った。相当なファインプレーなのだが、そんな宇佐を気にかける者はここにはおらず、注目はセンターフィールドの一点に集まる。

戦況は佳境を迎えていた。

『兄ちゃんが本気を出してくれて嬉しい。でもね……もう遅いんだ。今のやり取りの間にも七悪スライムは増殖を続けて、フィールドを埋め尽くしてる。逃げ場はないよ』

「流石七悪だ。説得シーンに見せかけてちゃっかり自分の有利をさらに固めてやがる」

『今からでも、〝全力の辛三兄ちゃんに勝った〟ことには変わりないでしょ？』

「えげつないな……あたしも戦うときは気を付けねえと」

観戦していた兄と姉が末っ子の黒い部分に身震いする。

『さっきも言った通り、辛三兄ちゃんが大砲を撃った時点で七悪スライムに引火して爆発する。攻撃した時点で火だるまになるのが確定してるんだ。僕たちと違って切り札を隠してない辛三兄ちゃんには、この状況を打破する方法はない』

勝利を確信した七悪。会場の誰もが、勝負は決したと思った——ある一部を除いて。

「あー、それは違うんだなー」

四怨が呟くと、嫌五が首をかしげる。

「ええ、こっから巻き返せるのかよ。特に仕込みもなしに」

「『本気じゃなかった』。それがある意味、辛三の切り札だ。……ほら」

辛三の戦車は、車輪を軋《きし》ませながら全速力で前進する。行く手には数多《あまた》の七悪スライムが潜んでいるが、意に介さない。次々とスライムにぶつかり、車体をスライムに包まれながら、目指すのは七悪の戦車を見下ろせる高台。

『どうしたの辛三兄ちゃん。そんな位置を取ったって、攻撃できないんだから意味ないよ』

そうは言う七悪だが、辛三が諦めていないことは承知の上だった。迎撃準備を取るが、何を仕掛けてくるかわからないために対応に動けない。

そのまま高台の端、崖のようになっている部分までたどり着く。しかし、そこでも辛三は止まらない。エンジンは唸り続けている。

「火薬を使った攻撃ができないなら……ぶつかればいい」

本来はその位置から一方的に火砲を撃ちおろす予定だった。しかし、それはできない。

今、代わりの武器となるのは、辛三の戦車本体だ。

速度を緩めることなく、戦車は高台の先へ。

「俺は、慣れ親しんだものなら何でも武器にできる。この天磐船は、車体自体が俺の相棒だ」

そして、飛ぶ。いや、正しくは落ちている。

しかし、辛三の緻密な車体制御により、その位置エネルギーを対象に余すことなくぶつけられる角度が維持される。

自身の高威力の砲撃の衝撃に耐えるように天磐船の底面につけられたスパイクが、正確に七悪の戦車を狙う。

「霹靂神《はたたがみ》」

それはさながら、突如として青空を裂く一筋の稲妻のように、七悪の戦車を貫いた。

火力を失っても、破壊力は生み出せる。それが、あらゆる武器のエキスパート、夜桜辛三なのだ。

頭上からの強襲に、七悪の戦車は為す術《すべ》を持たない。

『ゲ、ゲームセット！　劇的な幕切れー！　絶体絶命に追い込まれたかに見えた辛三選手、なんと捨て身の一撃で、状況をひっくり返してみせたっス！　大逆転勝利っス〜〜〜〜！』

ドラマチックな展開に会場が割れんばかりの歓声が上がる。地響きのような歓声のなか、七悪はゴーグルを外すと、辛三に握手を求めた。

「……ふぅ。負けちゃったかあ。有人なら毒ガス攻撃もできたのに」

えぐい攻撃手段を匂わせながら、七悪は悔しさをにじませた。

しかし、バケツに覆われたその表情は晴れやかだ。それは「ガチでぶつかったから」に他ならない。

「七悪……」

辛三はすぐには笑顔になれなかった。そんな辛三の手を、七悪はぶんぶんと振った。

「僕に勝ったんだから、優勝してよね。辛三兄ちゃん」

「……ああ！」

辛三は拳を高く突き上げる。

それに呼応し、もう一度歓声が上がる。勝者を祝福し、敗者の健闘を称《たた》え、さらに滾《たぎ》る戦いを期待する熱気が、会場の中でうねりとなっていた。


「ぎゃあああ俺のぼうケンゴうがああ！」

嫌五の悲鳴がこだました。

『決まったー！　嫌五選手の戦車は戦闘不能、四怨選手の勝ちっス！』

会場が歓声と拍手で包まれる。第一試合にも負けない大興奮の中で、準決勝第二試合の決着がついた。

「岩やら木やらに一瞬で成りすます特殊迷彩は流石だった。戦車なのにワニに擬態したのには恐れ入った。けど、相性が悪かったな」

フィールド全体に散開していたドローンが四怨の戦車の元へ戻ってくる。

「全座標監視してるあたしの前には、変装はあんまり意味がないんだ」

「それズルだろ……」

「〝共感〟であたしが何を狙っているか探ろうとした嫌五もたいがいだろ」

ニヤリと四怨が笑うと、嫌五はバレてたかと、苦笑で返す。

「嫌五対策のフルオート操縦だ。あたしの考えを読んでも、あたしの戦車が次にどう動くかはわからない」

「ちぇ～完敗か」

嫌五は不満を漏らすように唇を尖《とが》らせた。しかし、次の瞬間にはその顔は晴れやかなものとなる。これもまた、嫌五が『ガチでぶつかった』からこそである。

『これで決勝のカードは、圧倒的火力を誇る辛三選手と、ドローンを操り多彩な戦術を展開する四怨選手の対決となったっス！　インターバルは挟まないっスよ。両選手、準備をしてほしいっス！』

宇佐の案内で、四怨はそのまま、嫌五と辛三が入れ替わる形になる。

そして、二人がフィールドを挟み、視線の火花を散らした。

「嫌五と七悪には悪いが、正直こうなる気はしてたんだ。普段からリアル戦車やドローンを使うあたしたちには、ＳＰパンツァーに適性がある。だから、辛三がここまでどう戦うかは特に注目してたんだが……もう、さっきまでの甘えた顔じゃないな」

「もちろん。俺が倒した七悪やみんなの分まで、俺はガチでぶつかる」

そこには、目の前の戦いに全力を尽くすことを誓った、二人のパンツァーファイターがいた。

決勝独特の緊張感が会場を満たす。観客も、二人の間に燃える炎を幻視して、思わず息を呑《の》む。今日のイベントで一番の静けさが、この熱狂の終わりが近いことを表していた。

『最終フィールドの準備が整ったっス。荒野に佇《たたず》むのは二両の戦車、いや、二人の魂。砂《さ》塵《じん》の中、刻まれる履帯《りたい》の跡は、我々にどんな物語の結末を見せてくれるのでしょうか。……千人を超える参加者の頂点が、今決まるっス！　皆さんご一緒に！』

気付けば、物販目当てだった人を含む全来場者が対決を見守っていた。みな声を張り上げてカウントダウンが始まる。

「3！」

「2！」

「1！」

『パンツァーファイト〜、開始っス〜！』

「最初から飛ばしていくぞ？」

先に動いたのは四怨だ。四怨の戦車、シオンエンペラーは、四怨イメージの紫の機体。主砲は小さく、火力は控えめである。

しかし、前の試合を目の当たりにした者に、シオンエンペラーを侮るものはいない。

四怨の戦術はドローンを展開するところから始まる。上下左右前後の六方向にカメラを持った球状の無人機に死角はない。戦車のハッチが開くと、そのドローンが次々に飛んでいく。その数、なんと四十。

「シオン球団《ズ》ジュニア、補欠まで総動員だ」

普段夜桜家内で戦う時よりも、さっきの嫌五戦よりも、多くのドローンが出し惜しみなしで展開されていた。フィールド中に広がったドローンはあっという間に辛三の戦車を捕捉する。

「見つけた。さあ、囲んでハチの巣に――」

『ビーッ！　ビーッ！　ビーッ！』

四怨が残りのドローンを辛三の元へ向かわせようとしたとき、ドローンは赤く点滅しながら警告音を発した。四怨は、ドローンからの情報をもとに、危険信号の出どころを探る。

「あれは……自立制御式ミサイル？」

四怨の視界の先には、辛三の戦車から放たれたのであろう、先端の尖った白い筒状のものが映った。空高く上昇した後は、白煙を引きながら、四怨の戦車をめがけて落下してくる。

「シオン球団《ズ》ジュニア、守備用シフトだ！」

四怨の号令に合わせ、戦車の元へ戻ってきた四十のドローンは重なり壁を形成する。さらに、互いに増幅し合う電磁波による障壁を展開した。

ミサイルは電磁障壁により推進力を失い、四怨機に達する前に墜落。爆散した。

『いきなりあんなものぶっ放してくるとは、強気だな辛三。……けど、その強硬策は裏目だ。確かにミサイルは強力で射程も長い。接敵する前に攻撃できる優秀な手段だが……お前、ミサイルは一基しか積んでないだろ？』

四怨は選手間の通信で辛三に笑いかけた。辛三は表情を変えず、真剣なまなざしでその目を見つめ返す。

『比較的非力なあたしの戦車相手なら、ミサイルが外れても残りの火力で相手できると思ったのかもしれないが……』

四怨は片手で指揮棒を振るように、戦車に指示を送る。

『あたしはまだ、変身を残している』

すると、フィールドに展開されていた数多のドローンが、一斉に動き出す。目指すは、敵である辛三の方ではなく、四怨の戦車の元。

『な、何と四怨選手のドローンが、戦車に集まって……合体していくっス〜!!』

『あたしの切り札はドローン増員じゃねえ』

集まったドローンが電磁力で繋がり、腕となり、脚となる。頭から胸にかけての部分は戦車が核となり、砲塔だった部分がグルンと裏返ると、角ばった凜々《りり》しいメカの顔が出てきた。

『超合体、シオンエンペラー！』

厚みのある装甲、張り出した肩、各関節をスムーズに動かす電磁式のジョイントパーツ。

なんとそれは登場する作品を間違えたような、人型戦闘ロボットであった。

『すごいっス！　四怨選手、ＳＰパンツァーの概念を壊すようなカスタマイズ！　これでもルールの範囲内っスか⁉』

『ハーッハッハッハ！　結果がすべてだ！　こうすればあたしもパワーで蹂躙《じゆうりん》できんだよ！』

高笑いする四怨。戦車要素はどこへやら、二足歩行のロボットと化したシオンエンペラーは、踏み出す脚は台地を抉《えぐ》り、腕を払えば丘が削れた。

「悪役のムーブじゃねえか」

と嫌五のツッコミ。

四怨の元戦車は二本の足でガシガシと荒野を駆ける。一直線に向かうのは、既に座標を把握した辛三の元。先ほどのミサイルのクールタイム中に決着をつけようというのだ。

『ミサイルの方角とドローンの斥候でおおよその位置は見えてる！』

小高い丘を越えると、辛三の戦車が四怨の視界に入った。

『見つけたぞ、辛三。万事休すだな』

ニヤリと口角を上げ、悪役の笑顔で辛三を煽った。

「ああ、俺も探してたんだ」

そう辛三が答えると、四怨はその笑みを消す。

『おいおい聞き間違いか？　一番の火力のミサイルを防がれ、この合体変形シオンエンペラーを見たんだ。逃げてたの間違いだろ？』

「みんなのおかげで覚悟が出来た。運も良かったよ。もし俺と七悪の試合が、四怨と嫌五の試合より後だったら間に合わなかった」

『……！　お前まさか』

辛三と七悪の試合後、嫌五と四怨の試合の決着がつくまで、たかが十分にも満たなかった。

しかし、それで十分だった。

『この短期間にカスタマイズを変更したのか！』

「ああ、これが俺の切り札だ！」

その声とともに辛三の戦車も変形する。

履帯は剝《は》がれ、車輪は変形して地面に深く突き刺さっている。

それは退路を断ち、攻撃に全てをかける意志の表れ。それほどまでにしなければ、自分が吹き飛んでしまうほどの、超高火力の砲撃を行うということだ。

先ほどのミサイルと同じもの、同じ大きさのレールガン、ドリルランチャー……様々な大砲が、その数なんと五十門。

『……待てよ辛三。そんな火力を撃ったらどうなるかわかってるのか？』

四怨の首筋を汗が伝った。

「やべえな」

「やばいね」

敗者として舞台袖から観戦していた嫌五と七悪が、諦めたように乾いた笑みを浮かべた。

「覚悟したんだ……会場を滅茶苦茶《めちゃくちゃ》にしてでも勝つって。ぶつけるよ……これが俺のガチだ」

その燃えるように熱い眼《め》に、四怨は「あーあ」と言いながら頭をがしがしと掻《か》いた。

『ここまでやるとは想像してなかったが……あたしも覚悟を決めた。受けて立とうじゃねえか』

四怨も辛三の熱気に呼応し、拳を突き出した。その表情は、ワクワクが抑えられない少年のような笑顔。ガチのパンツァーファイター同士。思いが通じれば、辛三にも笑みがこぼれた。

「こんなガチのバトルができるのは四怨のおかげだ」

『もう勝ったつもりか？　そういうのは後にしような』

「……そうだな」

辛三は手を振りかざし、戦車に指示を送った。

「いけぇ！　天磐船！」

『迎え討て、シオンエンペラー！』

「「うおおおお！！！」」

二人のパンツァーファイターの魂はぶつかり合い、会場全体を巻き込んで、大きな渦となった。


「ただいまー……」

ヘロヘロの声で嫌五がそう言った。

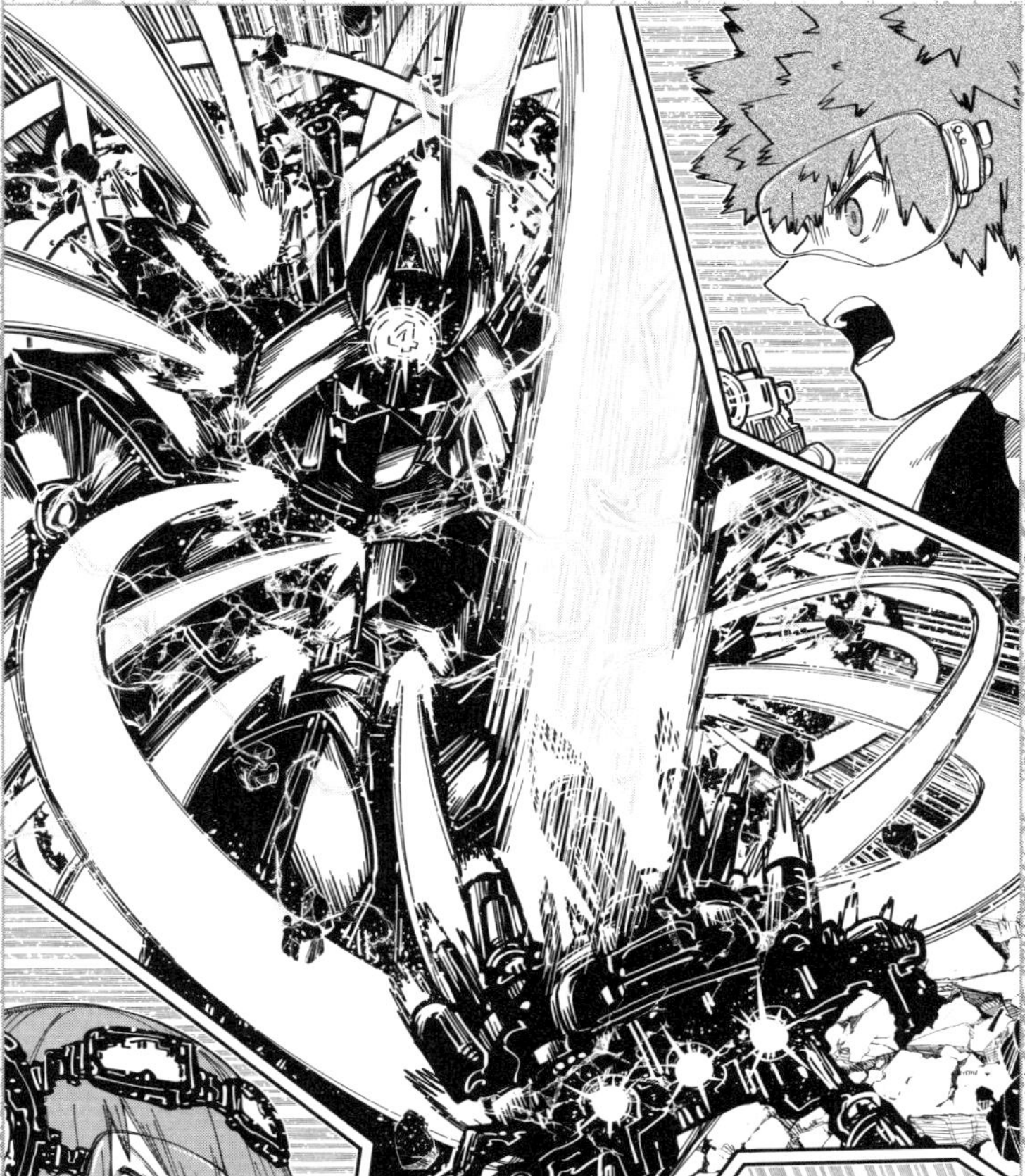

「どうしたのその怪我《けが》！」

四人を出迎えたひふみとあるふぁは、そのボロボロの姿に驚いた。

「辛三が暴走した」

辛三に背負われた四怨がぶっきらぼうな感じで言った。

身体《からだ》が頑丈ゆえにダメージの少ない辛三はバツが悪そうに頬を掻いた。

「はは……七悪が応急セットを持ってて助かったよ」

「こんなこともあるかなと思ってたからね」

「思ってたんだ……」

七悪の用意の良さに辛三はますます恥ずかしさを感じる。辛三以外には、これくらいの決勝は想定内だったということだ。

「それよりほら、あれ渡せよ」

背中の四怨が、バシバシと辛三の頭を叩く。辛三は四怨の意図を汲《く》んで背中から下ろすと、一つの箱を双子に差し出した。

ピカピカと光る箱には、「優勝・夜桜辛三殿」の文字が刻まれている。

「優勝したの⁉」

「約束だったからな。テストを頑張った二人にご褒美だ」

驚きながらあるふぁが尋ねると、辛三はぐっと親指を立てた。

「辛三おじちゃん、すごーい！　ありがとー」

ひふみが目をキラキラさせながら手を出した。しかし……。

ふい。

「……え？」

受け取ろうとした箱がふっと持ち上げられ、ひふみとあるふぁの届かない高さに行ってしまう。

理解できずにひふみは停止してしまった。

代わりに戸惑いながらもあるふぁが尋ねる。

「プレゼントじゃないの？」

「……最初はそう思ってた。俺は賞品を二人にプレゼントすることで、尊敬されようと思ってたんだ。でも、それって物で釣ってるだけだよな」

俯《うつむ》く辛三。その表情は見えない。

「おじちゃん……？」

ひふみが不安そうに尋ねる。

「尊敬されるおじさんになるには、二人のためになることをしないといけない。だとすれば……」

辛三が顔を上げる。帰宅時には気付かなかった。その目には大会から引き続き、めらめらと闘志が燃え上がっていることを。

「ガチでぶつかるのがパンツァーファイターだろ！」

辛三は腕を広げ、ひふみとあるふぁの前で立ちはだかるようにした。

「……さあ、俺を倒せば賞品は二人のものだ」

優しかったはずの伯父《おじ》の異様な雰囲気に圧倒され、二人は思わず後ずさった。

その肩を嫌五と四怨が捕まえる。

「気をつけろよひふみ、あるふぁ。見てただけの俺でこれだからな」

「相対したあたしはこれだ」

ボロボロの嫌五とさらにボロボロの四怨の姿を見て、ひふみとあるふぁはだらだらと冷や汗を流す。

しかし、辛三はそれに気付かない。少年のように純粋な瞳。まるでアニメの主人公、トッパのようだ。

誰もがパンツァーファイトでガチでぶつかることを求めていると信じてやまない。魂を震わせるようなガチのバトル、それだけが真実。

それについてこられないなんて発想はもはや存在しない。

「行くぜ。3、2、1……」

いい笑顔で、辛三は高らかに宣言するのだった。

「パンツァーファイト、開始!」

夜桜さんち観察日記　成長記録編

Mission:
Yozakura Family

『殺香《あやか》です！

太陽《たいよう》様、六美《むつみ》様、アイさんと一緒に夜桜《よざくら》家の留守を預かって、一年が過ぎました。

ご兄弟の皆様にお会いできないのは寂しいですが、広いお屋敷は今日も賑《にぎ》やかです。

何て言ったって、何て言ったって……。

ひふみ嬢さまとあるふぁ坊ちゃまがお生まれになったのですから～～!!

お二人のその尊さ可愛《かわい》さ清浄さたるや、およそ文章では表すことができません。お二人が誕生されたその日には、日記丸々一冊を使って何とかその素晴らしさを言葉にしようとしましたが、結局どれだけ書いても足りませんでした。

いつかこの目に入れてしまいたい可愛さです。

今日もそうですが、ここ最近は、日記にお二人のことばかり書いてしまいます。

まだお二人が生まれて間もないですから、何をするにもてんやわんやというのもありますし、絶えず成長されるその様を見逃せないというのもあります。家を空けられている皆様のために、写真や動画を残すのが殺香の使命の一つだというのもあります。

あっという間に一日が過ぎ、また新たなひふみ嬢さまとあるふぁ坊ちゃまに会える。そんな充実した日々がずっと続けばいいと、心からそう思います。

……。

……ただ。

一つだけ、殺香は皆様に隠していることがございます。

後ろめたさがないわけではありません。しかし、どうしても、どう考えても私には無理なのです……。

嗚呼《ああ》。どうかこのまま、気付かれずにはいられないでしょうか』

「本当に大丈夫か？　やっぱり仕事休んだ方が……」

コートを羽織って、もうすぐにでも家を出るという恰好《かっこう》で、太陽様が言いました。

六美様は、すやすやと眠るひふみ嬢さまとあるふぁ坊ちゃまの傍《そば》で返事をします。

「大丈夫よ。二人で決めたでしょ？　みんなが修業で不在の間、太陽が夜桜の看板を守る。その間、ひふみとあるふぁのことは私が見るって」

「でも……」

ドアノブに手をかけるところまで行きながら、太陽様はなかなか動きません。

そんな太陽様を六美様が笑いました。

「もう。昨日《きのう》もこのやり取りしたじゃない。それで結局、想定の半分の時間で仕事を終えて帰ってきてくれるんだから」

ゆりかごを揺らしながら、六美様が私とアイさんに目配せをしました。

私たちはその意図を汲《く》んで、六美様の代わりに太陽様の背中を押し、部屋の外へ促します。

「それに殺香とアイさんもいるから、ね？」

「アイさん、六美とひふみとあるふぁまもるよ！」

「はい。殺香たちがお支えします！」

太陽様の広く逞《たくま》しいお背中に触れたことに内心ムフフと笑いながら、ぐいぐいと太陽様を押します。太陽様は後ろ髪を引かれるようにしながら、しぶしぶ仕事へ向かいます。

「わ、ええ、じゃあ……いってきます」

「いってらっしゃい。早く帰ってきてね」

六美様は手を振って見送りました。

お部屋は一瞬静かになり、スースーという寝息が聞こえました。

ひふみ嬢さまとあるふぁ坊ちゃまが生まれて一か月ほどが経《た》ち、太陽様はお仕事に復帰されました。

太陽様は子育てに積極的で、それまでの時間の全てをお二人のお世話に充《あ》てていました。生まれる前から動画や本で育児について研究し、緊張と不安でいっぱいの顔でミルクをあげるお姿は、毎回殺香の感動を呼んだものです。

そんな太陽様ですが、あらかじめ六美様と、任務を再開する時期を決めていました。

日々新たな競合が現れるこのスパイ業界。夜桜のブランドを一人で支える必要がある以上、それほど長い間、穴を開けることはできません。

決めたことは守らねば、と復帰された太陽様ですが、それまでの育児のみの生活から一転、血と嘘《うそ》に塗《まみ》れた職場で命の危機に晒《さら》されるのは心情的にもお辛《つら》いのでしょう。

それに双子の育児の大変さは、生半可なものではございません。六美様の目には、うっすらくまが出来ています。太陽様の心配は六美様の体調についてもありました。

しかし、六美様は大丈夫と言って、太陽様を優しく送り出すのでした。

そこには夜桜家当主としての、そして母としての器の大きさが表れています。

六美様の中に女神を見た私の目は、間違っていなかったわけです。毎日浄化され、灰になりかけています。

そんな尊きお二人と、その子供たちをお支えすべく、私も奮闘する毎日です。

「殺香」

「はい何でしょう。ミルクですか？　それともおむつ？」

私は即返事をします。六美様が双子様から離れなくて済むよう、必要なものは一秒でお持ちします。

「それとも六美様のご朝食でしょうか？　お部屋の温度上げましょうか？」

六美様ご自身のケアも、殺香の務めと思っております。育児中の六美様の生活をあらゆる面でお支えします。

あれかこれかと質問する私に、六美様は聖母のように微笑《ほほえ》みました。優しく、……そして、全てを見通すかのような、そんな瞳をしていました。

「ありがとう。でもね、そろそろだと思うの」

「……。そろそろ、ですか？」

私は、一瞬声が出ませんでした。

何が「そろそろ」なのか。解雇？　いいえ、きっと違います。私には心当たりがあります。それは、私が隠し、避けてきたこと。

ドキッと跳ねた心臓を体内にとどめるよう念じながら、返事をします。

そんな私の様子に、六美様はまるで罪悪感があるかのように目を伏せました。

「そうね。殺香にはすごく助けてもらってるし、殺香なりにいろいろ思ってのことなんだと思うけれど……」

私は息を呑《の》んで、次の言葉を待ちました。

「そろそろ、二人を抱っこしてみない？」

それを聞いて、私の喉の奥から、何かがせり上がってきました。

「い……」

「い？」

「いやぁぁあああぁぁあ……こわいいぃぃいぃいいいいい……!!」

かすれ声のそれは、私の魂の叫びでした。

そう、私が隠していたことというのが、「ひふみ嬢さま、あるふぁ坊ちゃまに触れられないこと」でした。

「やっぱり避けてたのね」

六美様は小さくため息をつきました。

アイさんはきょとんという顔をしています。

「んー？　怖くないよ。ひふみもあるふぁもふかふかだよ。爪も牙もないよ」

「はい……当然お二人は大変可愛らしく、危険などありません。怖いのは、私なのです」

私は許しを請うように言います。

「ひふみ嬢さまもあるふぁ坊ちゃまも可愛すぎるのです。こんなやわらかくてかわいい生き物、いつ私の理性がプッツンして抱きしめて潰してしまうかわかりません。それを想像すると……いやぁぁぁあああ……」

考えるだけで涙がダーダーと流れます。その時は死ぬしかありません。いえ、私の命ではいくつ捧げても足りません。

「落ち着いて殺香」

そう言って六美様はティッシュを差し出してくれました。私は鼻をかみ、深呼吸をします。

少し落ち着いた私に、六美様が続けます。

「今は太陽もすぐ帰ってきてくれてる。けれど、大きな任務でなかなか帰ってこられない日だってきっと来るわ。そんなとき、殺香を頼れるとすっごく助かるの」

「アイさんもいるよ！」

横で話を聞いていたアイさんが手を上げました。

「そうね。アイさんも頼りになるわ。でも、アイさんももうすぐ遠足でしょ」

「そうだった！」

アイさんは目を輝かせしっぽをピンとさせました。

タンポポで実験体となっていた子供たちの多くは、保護されてヒナギク傘下の施設にいます。アイさんもたまにその子たちと遊んだり、一緒に勉強したりして、社会性を身につけています。そのため、遠足以外でもしばしば外出するようになっていたのでした。

「いつもうちにいてくれるのは殺香なの。そんな殺香が、二人に触れられないままだと……ね？　それに、身近な殺香に拒否されているとこの子たちが感じてしまったら、それは悲しいことだわ」

「そ、そんなことが……」

殺香のお二人への愛は本物です。しかし、触れられないのもまた事実。そのせいでまだ幼いお二人が嫌な気持ちになっているなら、大変な事態です。

六美様はゆりかごの中のお二人に視線を落とします。

「もちろん、気軽に大丈夫とは言えないわ。この子たちの安全が第一なのは間違いない。けれど、殺香なら信じられるから言っているの。この何年も私たちを支えてきてくれた殺香だから」

「……うぅうう～」

歯を食いしばると、胃の中から出てきそうになる不安が、そんなうめき声になりました。

しかし、六美様の言うことはもっともです。太陽様と六美様、そしてひふみ嬢さまとあるふぁ坊ちゃまのことを思うなら、これ以上は避けられません。

私は唾を飲んでから、恐る恐る頷《うなず》きました。

「……それじゃあ、やってみます……！」

ぱぁっと六美様が笑顔を咲かせます。

「うん！　ゆっくりでいいからね」

私は、そお～っと、足音を立てないようにゆりかごに近づきます。覗《のぞ》き込むと、あるふぁ坊ちゃまのつぶらな瞳が私を覗き返していました。

「ああ、殺香が起こしてしまいましたかっ!?」

私は囁《ささや》き声で叫びます。

「大丈夫よ。機嫌よさそうだから」

「そうですか？　嫌われていませんか？」

そう聞いてしまいますが、確かにあるふぁ坊ちゃまは泣き出したりしていません。じっと、私の方を不思議そうに見ています。

隣のひふみ嬢さまはすやすやと眠ったままでした。

「初めての抱っこならあるふぁの方がいいわね。ひふみはあるふぁから離れると泣き出すから」

そう言って六美様が私の背中をポンと押しました。

「そうですね……」

私は改めてあるふぁ坊ちゃまを見つめました。

……これは……。

が　わ　い　ず　ぎ　る　！　！　！

くりくりきらきらのおめめ。

ぷにぷにふわふわのほっぺた。

不思議そうな顔で、おくちがちょっぴり開いています。

天使、宇宙創世、魂の救済……。

私はくらくらする頭にぺしっと一撃入れました。

「……あ、危ない危ない。いくら可愛くても理性を失うことは許されていません……。スゥー、ふぅ。では……」

私は深呼吸して、心を落ち着けると、覚悟を決めました。

妄想では何度も抱っこしています。

乳児を抱っこするときは、首とお尻をしっかりと支える。手足を変に曲げたり、逆に無理に伸ばしたりしないように気を付けます。

壊れないように……抱きしめ潰さないように……。何度も唱えながら、私は何度も調べた抱っこ作法の通りに、あるふぁ坊ちゃまを抱え上げました。

そして、腕の中にある、確かな命の重みを噛《か》み締めました。

「あぁ、あぁ……」

やわらかい！

あったかい！

いいにおい！

そんな感情がまぜこぜになり、私はおろおろするばかりでした。

その時、六美様と目が合います。

「六美様、私……」

抱っこできました、と言おうとしたその時でした。

「うぅ……ん……ふぇええん!! えええん!!」

「え？　あ？　あぁ！　あぁ！」

何が起きたか理解するまでの数秒の間、私の頭の中は真っ白でした。

あるふぁ坊ちゃまが泣いています。私の腕の中で、目をぎゅっとつむり、口を開けて、泣き声を上げています。

事態を理解すると、瞬く間に脳内には非常事態を告げる警報が鳴り響きました。

「む、むむむ六美様！　六美様ぁああ！」

「はいはい、大丈夫よ。殺香も、あるふぁも」

そう言って、六美様は速やかにあるふぁ坊ちゃまを抱っこしました。

六美様が何度か声をかけながら揺らしてみせると、あるふぁ坊ちゃまは泣き声を上げるのを止《や》めました。ぐずり顔でもごもごしていますが、だいぶ落ち着いたようです。

私の心臓はまだバクバクと鳴って、息も切れていました。

一方の六美様は動じることもなく、おおらかな態度であるふぁ坊ちゃまをあやしています。その余裕には、裏に大きな慈しみがあることが、一目でわかりました。

「……ちょっとびっくりしちゃったかしらね。まあ、これくらいの時期は泣くのが仕事だから……」

そう言って、私を慰めてくれます。

しかし、私の方はそうはいきませんでした。

「……せん」

「え？」

「……殺香には！　お二人を抱っこする資格がありません！」

六美様の聖母のような繊細で優しい抱っこの所作。あるふぁ坊ちゃまが一瞬で安心するのがわかりました。それに引き換え私の抱っこのなんと雑だったことか。

太陽様と六美様の愛の結晶であるご子息。当然、殺香も愛してやまない存在です。けれど、六美様の愛情あふれる接し方には、足元にも及びません。

しかし、私にも覚悟が決まりました。

今まではただ、私の抱っこでひふみ嬢さまあるふぁ坊ちゃまを壊してしまわないかと不安がるばかりでした。けれど、一度向き合ったことで、それがただの逃げだったと気が付いたのです。

ひふみ嬢さま、あるふぁ坊ちゃま、そして太陽様と六美様のために存在するこの命。抱っこができなければ、皆様に合わせる顔がありません。

「殺香……修業に行ってきます！　そしてなってみせます……世界一の抱っこ技術を持つ『スーパー抱っこマスター』に！」

「ちょっと殺香！」

制止する六美様さえ振り切って、私は屋敷の外へ飛び出しました。

「そうは言っても、何をすればいいのやら……」

威勢よく飛び出した私でしたが、実は特にあてなどありません。

平常時でしたら、京子《きょうこ》様と万《ばん》様にお話を伺いたいところですが、お二人は夜桜家の敵から身を隠すため、潜伏という名の海外旅行中です。

先月届いた絵ハガキには、モアイ像に囲まれた真実の口が写っていました。そんな場所があるのか、世界は広いです。

お元気そうで何よりですが、どこにいるかはわからず、連絡は取れない状況でした。

「ううぅ～勢いで『スーパー抱っこマスター』なんて概念を生み出してしまいましたが、手詰まりです。ひとまずハウツー本を買ってきましたが……」

驚愕研《きょうがくけん》が出している『ヤバいほどワカる』シリーズは、知っちゃいけないこの世の真理まで書いてあると噂《うわさ》されるハウツー本です。私の手の中にある『ヤバいほどワカる　子育て』もそのシリーズの一冊です。

しかし、これを読んで正しい抱っこの仕方を学んでも、抱っこができるようになったとは思えませんでした。知識は重要ですが、それだけでは足りません。

「やはり、誰かにアドバイスをもらうべきでしょうか……」

この本はガオンモールにある本屋、「みーちゃんの本棚《ほんだな》」で購入しました。『ヤバいほどワカる』シリーズは、普通の書店では手に入らないため、世界中からあらゆる本を密輸して取り揃《そろ》えているみーちゃんの本棚に行く必要があったのです。

しかし、ガオンモールに向かった理由はそれだけではありませんでした。

特殊整体「ちよもみん」の整体師、おちよさんに会おうとしたのです。彼女は整体師や元軍人という経歴だけでなく、助産師としての顔も持っています。何を隠そう、ひふみ嬢さまとあるふぁ坊ちゃまを取り上げたのもおちよさんなのです。

私の知る中で、もっともスーパー抱っこマスターと呼ぶにふさわしい方です。

そんなおちよさんに話を聞ければ、きっと私もうまく赤ちゃんと接することができるようになるはずだと思ったのですが……。

「まさか定休日とは……殺香、一生の不覚」

思わず肩を落としてしまいます。

困った私ですが、ひとまずスパイ協会に向かうことにしました。

スパイ協会は街の地下に存在し、その入り口はいたるところにあります。ここからなら、だがしばばあの駄菓子屋が近いので、そちらへ向かいます。

「おやいらっしゃい」

「こんにちはですわ」

だがしばばあはいつ見ても同じ姿勢で店の番をしています。

「おちよさんって来てませんか？」

私はそう尋ねました。だがしばばあとおちよさんは同年代に活躍して現役を退いたもの同士、交流があるとのことです。

「いいや来てないねえ」

「そうですか……。じゃあそのピロピロをください」

「はいよ」

残念ですが仕方ありません。私はついでにひふみ嬢さまあるふぁ坊ちゃまへのお土産《みやげ》として、おもちゃを買いました。吹き戻しとも言われる、息を吹き込むと音とともに巻かれた紙が伸びるアレです。抱っこの件は置いておいても、喜んでくれると良いのですが。

私がそんなことを考えていると、背後から声をかけられました。

「おや、夜桜家のメイド君じゃないか」

その爽やかさと甘さの共存した声には聞き覚えがありました。振り向くと見知った顔がこちらを見ています。

「あなたは……星降月夜《ほしふるつきよ》」

モノクルにベスト、月の描かれた扇子が特徴の銀級《シルバーランク》スパイです。

そして、太陽様のストーカーです。最低ですね。

「君が言うな、とツッコみたくなることを考えている顔だね」

星降氏は扇子を開いて自分をあおぎました。

「こんなところで奇遇だね。おつかいかな。どれを太陽が食べるんだい？」

「あなたには関係のないことです」

「つれないじゃないか。……まあいい。ところで、最近の太陽どうしたんだい？　一、二か月は依頼を控えて、復帰後も軽い依頼ばかり受けているようだけれど」

夜桜家は今、情報セキュリティを緊急事態レベルに引き上げています。

修業に出ている皆様の不在、旦《あさ》を名乗る敵勢力。そして何より、ひふみ嬢さま、あるふぁ坊ちゃまのご誕生。そんな状況の今、外に出る情報は厳しく制限しています。当然、ひふみ嬢さま、あるふぁ坊ちゃまの存在もトップシークレットです。

太陽様の露出も極力抑えているため、ストーカーの星降氏でも近況を追えていないのでしょう。

「もし怪我《けが》でもしているのなら、僕が行って優しく抱きしめてあげたいのにな」

「優しく……抱きしめる……？」

今の私にタイムリーなワードが聞こえてきました。

星降氏に期待するわけではありませんが、今の私には何者からでも学ぶ貪欲な姿勢が求められているはずです。この男からも何かヒントを得られるかもしれません。

「それは……具体的にはどんな風に？」

私が尋ねると、星降氏は嬉々として語り始めました。

「そうだね。まずは触れる前に、じっと目を見つめるんだ。急なスキンシップは相手を緊張させてしまうからね。そして、愛を囁きながら、そっと腰に手を回す。そのまま身体《からだ》を密着させたら、もう片方の手を背中に回し、ポンポンと叩《たた》く。この間も太陽の素敵なところを伝えるのを忘れずにね。そして時々、背中側の手を頭に回して頭も撫《な》でるんだ」

「それ、私の太陽様にやったら許しませんからね」

ただ、言っていることはなかなか参考になるような気もします。しかし、動作の部分など、相手が大人《おとな》を想定しているものでした。赤ちゃんを抱っこする場合にはかなり勝手が違うはずです。

「もし……太陽様が赤ちゃんになってしまっていたらどうしますか？　七悪《ななお》様のお薬とかで」

「太陽が……赤ちゃんに……⁉」

星降氏が目を見開いて動揺します。顔は青ざめ、口を押さえてぶるぶると震え出しました。

「と、尊すぎる……」

「そうです！　もうむちゃくちゃかわいくて、正気ではいられません！」

過去に経験済みなので、もう、あの可愛さは思い出すだけでまた失神してしまいそうです。

「……って、そうじゃなくて、どうしますか？　という話です」

「んんっ、失礼したね」

一度咳《せき》ばらいをして、星降氏は答えます。

「そうだな……。基本的には変わらない。重要なのは相手に安心してもらうことだからね。僕はこんなにも君を愛していて、安全な存在だとわかってもらってからなら、触れ方は些《さ》細《さい》な問題さ」

「なるほど……」

そう考えると、私はあるふぁ坊ちゃまを抱っこするとき、自分のことで精一杯になっていたように思います。自分が無害な存在だとあるふぁ坊ちゃまにわかってもらおうなんて、考える余裕はありませんでした。

「ありがとうございます。でも、うちには許可なく近づかないでくださいね」

「はは、ひどいな。それでこそ燃える愛もあるという——ん？」

そのとき、星降氏の表情から笑顔が消えました。

「ちょっと待ってくれたまえ。太陽不在……赤ちゃん……まさか」

自分の中の思考を整理するようにぶつぶつと呟《つぶや》いたかと思うと。

「……フゥ——……」

長ーく息を吐いた後、にっこりと笑いました。

「今日はここでお暇《いとま》させていただくよ。これからの太陽も楽しみだ」

星降氏はそう言って、去っていきました。

「……何なんでしょうか」

相変わらず理解不能ですが、ともかく一つ学びを得ました。これで、スーパー抱っこマスターへ一歩近づいたような気がします。

しかし、まだこれだけでは不安です。もっと、アドバイスが欲しいのですが……。

「そういえば、おちよちゃんに電話で話を聞いておいたよ」

「えぇ！　おちよさんはなんて？」

だがしばばあが不意に話しかけてきて、しかもその内容がこれで、私は驚いてしまいました。おちよさんのアドバイスはぜひ聞きたいところです。

「『赤ちゃんを抱くときは正しい姿勢が大事。正しい姿勢には、それを支える筋肉が大事』だってさ」

「なるほど……！　確かにフィジカル面は盲点でした！」

「抱っこされる側が安心できるのはもちろん、抱っこする側の肩こり腰痛対策にもなるからねえ」

特殊整体を営みながら、自身も鋼の肉体を維持しているおちよさんらしいアドバイスでした。目先の技術に囚《とら》われていた私にはありがたい鋭い指摘です。

「……ってあれ？　私、用件伝えましたっけ……」

「ほっほっほ。それくらい、一目見たらわかるだろう？　情報を集めるのがスパイなんだから」

「……あ、ありがとうございます……」

元金級《ゴールドランク》スパイだがしばばあ、恐るべし。

いまだスパイ協会の相談役として活躍しているのは伊達《だて》じゃないと思わされました。

さっそく両手に20キロの重りを付けた私が次に訪ねたのは、ヒナギクの皆さんでした。

「ヒナギク傘下には、児童福祉施設があると聞きます！　ならば、皆さんも子供相手のスペシャリストのはず！　私をスーパー抱っこマスターにしてください！」

地下三百メートルに位置するヒナギク本部。その最深部にある室長室は、スチールの本棚にパイプ椅子、打ちっ放しの壁など無骨な雰囲気です。ですが、ここに属する方は皆さん温かな心をお持ちです。

詳細はぼかしつつ、赤ちゃんの抱っこ修業中であることを説明すると、室長であるりんさんは、渋い顔をしました。

「あたしらを頼ってくれたのは嬉《うれ》しいんだけどな……。タンポポの件とか、任務で保護した子供を受け入れてるのは、正確にはお隣の組織なんだよな」

「つまり僕らも、子供の相手は素人《しろうと》ってこと」

翠《すい》さんが補足して、王牙《おうが》さんがうんうんと頷きます。

「そうですか……」

私の声はついしょんぼりとしてしまいます。

「ただ、アドバイスならできるよ。殺香さんの言うスーパー抱っこマスターになれるかはわからないけど」

そんな私を見兼ねてか、翠さんが続けました。

「お、やるな翠。任せた」

苦手分野と見たのか、りんさんはお任せモードのようでした。

「アドバイス！　ぜひお聞きしたいです！」

「話を聞くに、殺香さんには自信が足りてない。そんなに不安がっていたらきっと赤ん坊の方も不安に思ってしまう」

言われてみればそれはもっともでした。ひふみ嬢さまあるふぁ坊ちゃまに安心してもらうためには、私が不安に思っていてはいけません。

「では、どうすれば自信がつくでしょうか」

「成功体験を積み上げるのが一番早い。それも、目標より一段階上の挑戦をするんだ」

「「一段階上？」」

私と一緒に、話を聞いていた王牙さんも首をかしげました。

翠さんは無表情のまま説明してくれます。

「跳び箱なんかを想像してみるといい。八段を跳ぶつもりで練習して、本番で八段を跳ぶのでは、ちょっとしたミスで失敗してしまうかもしれない。でも練習で九段を跳べていたら、ちょっとしたズレがあっても八段を跳ぶにはまだ余裕がある」

「確かにそうだな」

横で聞いていたりんさんが頷きました。

私も翠さんの考えに納得し、さっそく実行したいと思いました。

「でも、一段階上の挑戦ってどうすればいいのでしょう？」

「それなら――」

「ちわーす。道端《みちばた》っす。今日もお世話になります！」

話の途中でしたが、ヒナギクに来客がありました。太陽様の同級生であり銅級《ブロンズランク》スパイの道端草助《そうすけ》氏です。

「お、殺香ちゃんもいるじゃん。久しぶりー」

「久しぶり……？　私たちは初対面では？」

「おおい！　ちょいちょい夜桜家にも遊びにいってるんだけど⁉」

「全く覚えてません」

「ちくしょー！　俺っていつもこんなのかよ！　精一杯の明るい挨拶返せよ！」

なんだか喚《わめ》いている道端氏ですが、道端氏は影の薄さを武器にスパイ活動しているほどの方です。私の記憶に残っていなくても仕方のないことではないでしょうか。

「ところで、道端氏がなぜヒナギクに？」

「……それは……その……」

私の質問に、道端氏が答えにくそうにしました。

すると代わりに王牙さんが説明します。

「草助は今年も免許更新ギリギリだから、国が用意した仕事を斡旋《あっせん》してもらってるんだよ。ヒナギクはその窓口になってるんだ」

雇用創出というやつでしょうか。ヒナギクが政府直属の機関とはいえ、そんなことまでしているのは知りませんでした。

「ぐ……恥ずかしいから言いたくなかったのに……」

道端氏はそう呟いて肩を落としました。

翠さんはそんな道端氏を慰める気など全くなく、むしろ面倒くさそうにため息を一つつきます。

「まあちょうどいい。草助も手伝って」

私の事情を知らない道端氏は、ぱちくりと瞬《まばた》きをしました。

十分後、私は肩で息をしていました。

腕の中には、タオルを丸めて作った人形。その人形を離さないようにしながら、ヒナギク内の訓練スペースを駆けます。

そして、その私をヒナギクのお三方が狙ってきます。それぞれ訓練用に柔らかく作られたグローブ、刀、鎖を携え、どこかには道端氏が気配を消して潜伏しています。

ここまで何とか躱《かわ》してきましたが、バレーボールコート程度の広さの訓練場では限界があります。ついに隅に追いやられ、私の背には壁がありました。

じりじりとりんさんが距離を詰めてきて——。

ピピピピピピ！

そのとき大きなアラーム音が鳴り響きました。

「はい終了」

「な、なんとか耐えきりました……！」

翠さんの終了宣言を聞いて私はその場にへたり込んでしまいました。

「一段階上の挑戦、つまり敵に狙われながらでも抱っこを継続できれば、通常時の抱っこは余裕のはずだよ」

「流石《さすが》翠、頭いいなあ」

「いやいや、これで一段階って厳しくね？」

感心する王牙さんに対し、道端氏は納得いかない様子です。

「やったな、殺香。これで自信がついただろう」

りんさんがしゃがみ、私に目線を合わせてドヤ顔で言いました。

「室長はちょっとやりすぎです」

「いいんだよ。殺香はちゃんとクリアできたんだから。な？」

「はい！　おかげさまでスーパー抱っこマスターに近づけました」

私は感謝が伝わるよう、大きな声で返事をします。

「そのスーパーなんちゃらはよくわからないけど、殺香ちゃんのためになったなら何よりだな」

結局ろくに事情を説明されないままで手伝ってくれた道端氏が、満足げに笑います。

「草助が珍しく爽やかだな」

「珍しくって……」

王牙さんが楽しそうに言うと、道端氏もまんざらでもなさそうです。

翠さん、王牙さん、道端氏は、年齢も近くて意外と仲が良いように見えました。

私もお三方と同世代ですし、お世話になりましたから、今度お名前を呼ぶ機会があれば、「草助さん」と呼ぼうか、検討しておこうと思いました。忘れてしまいそうでもありますが……。

「さあ、君は成功体験を得た。この自信は、次に活《い》かされるはずだ」

「ありがとうございました！　これなら……」

スパイ協会で、ヒナギクで。短い時間でしたが、私は多くの学びを得ました。

ここからは、リベンジの時間です。


「ただいま戻りました！」

ドアを開けた私は、背筋をピンと伸ばしました。夜桜家のメイドとして、そして、ひふみ嬢さま、あるふぁ坊ちゃまを抱っこするスーパー抱っこマスターとして、泰然とした態度を心がけます。

ただ、出迎えてくれた六美様は、心配そうなご様子でした。

「おかえり殺香。よかった、戻ってきてくれて」

数時間前に屋敷を飛び出した私です。六美様からすれば、情けなく逃げ出す私の背中が最後に見た姿ということになります。特訓の成果の前に、まずはその話からすべきでした。

私は深々と頭を下げます。

「先ほどは申し訳ございませんでした。職務放棄と取られても仕方ありませんよね……」

「ううん、いいの。むしろ私が無理言っちゃって、殺香を追い詰めちゃったから」

「ううぅ……、逃げ出したのは私なのに、何たる優しいお言葉……」

ボロボロこぼれる涙をぬぐって、私はまた胸を張りました。変わった姿をお見せすることこそ、今の私がすべきことです。

「もう心配ご無用です。殺香は特訓を経て、新たな殺香へと生まれ変わったのです……そう、スーパー抱っこマスターに！」

「……殺香、無理はしなくていいのよ？　今でも殺香にはすっごく助けられてるの」

私がおかしなことを言っていると思ったのか、その表情には少しの罪悪感が見て取れました。こんな顔をさせてしまうことに、私の胸は痛みます。なおさら、このままではいけないという思いが強くなりました。

「大丈夫です！　やれます！」

私は子供部屋に向かいました。部屋ではアイさんが、ひふみ嬢さまとあるふぁ坊ちゃまを見守っているところでした。

「殺香おかえりー」

「ただいまです、アイさん」

挨拶もそこそこに、私はベビーベッドの中のお二人を覗き込みました。両手は抱っこのために、オペ開始前のように掲げます。

「見守りありがとうございます。私がお二人を見ますから、ドーナツ食べてきていいですよ」

「ドーナツあるの？　やったー！」

お詫びに買ってきたミニスタードーナツを食べに、アイさんは部屋を出てキッチンに行きました。

ひふみ嬢さまとあるふぁ坊ちゃまは仲良く並んで眠っているところでした。ちっちゃな拳をグーにして、バンザイするような姿勢です。さらに二人の手が重なって、仲良く手を繋《つな》いでいるように見えました。

「お、おおおかわいすぎりゅぅうう……！」

まさに天使。すべての輪郭が丸で描かれ、どこを触ってももちもちなのが見て取れます。

「ハァ……ハァ……ハァ……」

改めて直視すると、この可愛さは暴力的です。理性を保ってはいられません。学んできたことを思い出そうとしますが、浮かぶのは「可愛い」の一言のみです。

私は二人の天使を凝視したまま、動けなくなってしまいました。

「殺香……」

追い付いた六美様が、私に声をかけました。

「だ、だいじょ、大丈夫です……」

そのとき、今度はひふみ嬢さまが目を覚ましました。

くりくりとしたおめめが私を捉えます。吸い込まれそう、とはこのことだと思いました。

しばらく、目をあわせたまま無言の時間が過ぎます。

何秒経ったのかわかりませんが、ひふみ嬢さまはふいと目を逸《そ》らしました。

そして、隣で眠るあるふぁ坊ちゃまに抱き着きました。

「ふわっ……！」

その完成された形。

愛。

今日からハートマークはこの形になることでしょう。

「………」

　私は手を下ろしました。あまりに可愛すぎて、私が触れたら壊れてしまうかもしれない。その不安がどうしても頭をよぎってしまいます。学び、鍛え、技術に自信がついても、結局は元の問題、私の心が怖がったままでした。

　そんな私の頭を、六美様が撫でてくださいました。

「大丈夫よ。今まで通り殺香は殺香のできる形で支えてくれれば。これまで通り私が頑張るし、アイさんも太陽もいるときは手伝ってくれるから。子供の成長はあっという間って言うし、ね」

　六美様は優しくそう言ってくれます。

　……確かに、今日でなくともいいのかもしれません。もう少しお二人が成長すれば、私だって触れることができる気がします。

　けれど、本当にそれでいいのでしょうか……。

「ああ、まずいわ……！」

　私がぐるぐると悩んでいると、六美様が声を上げました。

「ど、どどどうしたのですか？」

ベッドを覗くと、あるふぁ坊ちゃまが目を覚ましたところでした。ですが、明らかに不機嫌そうです。上機嫌そうなひふみ嬢さまに抱き着かれながら、手足をパタパタと動かしています。

そして、しばらくもぞもぞしたのち……。

「……んあぁああ！」

「あわわわわわ」

あるふぁ坊ちゃまは泣き出してしまいました。

「ひふみはあるふぁのことが好きすぎて、起きている間はずっとあるふぁに抱き着こうとするの。けれどあるふぁはひふみにくっつかれすぎると、それが嫌で泣き出しちゃうのよ」

そう言いながら、六美様はあるふぁ坊ちゃまに手を伸ばし、ひふみ嬢さまをはがして抱っこしました。

「よーしよし、ちょっと暑苦しかったね～」

六美様はあるふぁ坊ちゃまに話しかけながら、とんとんと背中を叩きます。

しかし。

「ゃあああああー！」

今度はひふみ嬢さまが泣き出してしまいました。

「そして、ひふみはあるふぁから離されると泣いちゃうという……」

少し落ち着いたあるふぁ坊ちゃまを一度ベッドに戻し、ひふみ嬢さまを抱っこします。

「そうだねー。あるふぁが行っちゃって寂しかったね～」

「あぁぁあん！」

けれど、ひふみ嬢さまはなかなか落ち着きません。

双子の同時抱っこは、乳児を落としてしまったり腰を痛めてしまったりと、母子ともに危険です。こうして同時に目が覚めたときには交互に抱っこせざるを得ません。

さらに、あるふぁ坊ちゃまにくっつきたいひふみ嬢さま、ひふみ嬢さまにくっつかれたくないあるふぁ坊ちゃまという組み合わせ上、同時に目が覚めれば二人は必ず泣き出してしまいます。

そうしているうちに、またあるふぁ坊ちゃまがむずむずし始めました。

明らかに、六美様一人の手では足りません。

そう、お二人を抱っこして落ち着かせられるもう一人が今、必要なのです。

私の事情よりも優先すべきもの。それは、日々成長するお二人の「今」なのです。

「アイさーん、ちょっと来てくれる？」

六美様がアイさんを呼ぼうとしたその時でした。

「……って殺香？」

身体が勝手に動きました。

「大丈夫、大丈夫ですからね」

しっかり目を見て、相手に安心感を与えられるように努めます。

「殺香が、命に代えても、お守りしますから。槍《やり》が降ればこの身が盾になります。敵が来れば、針でハチの巣にします」

精一杯、私の想《おも》いを言葉にしました。少し物騒になってしまうのは、本心からのものだからです。星降氏の教えを思い出し、気持ちを伝えながらあるふぁ坊ちゃまに手を伸ばします。

ゆっくりと右腕を頭の下へ滑らせ、左腕で下半身を支えます。そのまま掬《すく》うように持ち上げ、胸の前で輪っかを作ります。ハウツー本で学んだ姿勢です。さらに、体幹を意識し、その姿勢をキープします。

四人もの手練れに襲われている状態に比べればはるかに少ないと、私は心を落ち着けました。

そうしてしばらくあるふぁ坊ちゃまを抱き続けます。

「うぅ……スン」

すると、泣き疲れたのか、安心したのか、泣き声が止みました。

油断することなくそのまま見守りましたが、再び泣き出す様子はありません。

つまり……。

「な、泣き止みましたぁああ……」

全身が弛緩《しかん》するのを感じました。優しく優しくと思っていたのに、今まで息をするのも忘れて緊張していたようです。急に自分の心臓の音や、汗の冷たさに気が付きました。

「すごいじゃない殺香！」

同じくひふみ嬢さまをあやしていた六美様が、両手が塞がっている代わりに肩で私を小突きました。

「あれ？　殺香が抱っこしてる！」

部屋に戻ってきたアイさんも、私を褒めてくれました。

「あるふぁも気持ちよさそ～」

アイさんが私の腕の中のあるふぁ坊ちゃまを見て微笑みました。

「私……上手《うま》くできたのでしょうか？」

「うん！」

「バッチリよ」

お二人に言葉をいただいて、やっと実感が湧いてきました。

「よかった。正直すごく助かるわ。双子の育児って想像以上に大変だったから……。でも、太陽には仕事を頑張ってもらうって約束、守りたくって」

その目にはうっすらと涙が浮かんでいました。それは、ひふみ嬢さま、あるふぁ坊ちゃまが生まれてから、私に初めて見せる弱音でした。

六美様はとてもお強い方です。それは母となってからも発揮されると思っていましたし、実際、私にはそう見えていました。

けれど、本当は六美様だって精一杯だったのです。ご兄弟も不在の中、夜桜を守るのに必死だったのです。

そう思うと、私も目頭が熱くなりました。

「六美様……今まで申し訳ございませんでした。この殺香、一層この身を捧げ、六美様を支えてまいります」

「謝らないでよ。本当に殺香には助けられてるんだから」

「それでも殺香は、殺香は……」

「あぅ、うぅ」

すると腕の中のあるふぁ坊ちゃまが、私の顔に手を伸ばしながら声を発します。

「あらら、どうしましたか～」

私は、あるふぁ坊ちゃまを抱えたまま、顔を近づけました。

すると。

「……あぁか」

「…………………………っ！！！！！」

驚きすぎて、声にならない叫びが、喉の変なところから漏れ出ました。

私は顔を上げて、アイさんと六美様の顔を交互に見ます。

二人とも目を見開いていました。

「今、殺香って言ったわね！」

「言ってた！」

私の幻聴ではありませんでした。しかし、現実とするにはあまりにも夢のような出来事です。

「そ、そそそそ、そんなこと！　あっていいんでしょうか……？」

「いいのよ、殺香も家族なんだから」

その言葉を聞いて、私の目からはボロボロと涙がこぼれました。

「けれど、もう喋《しゃべ》るのね……。本当にこの子たちはあっという間に大きくなる。私たちが想像する何倍ものスピードで」

六美様は腕の中のひふみ嬢さまの頭を撫でました。いつの間にかひふみ嬢さまは眠ってしまっています。

「ねえ殺香。さっきはすぐ大きくなるから大丈夫なんて言ったけど、本当はどの瞬間も、一緒に二人を守ってほしいの。お願いしてもいい？」

「も、もちっ、もちろんですっ‼」

嗚咽《おえつ》交じりの私の声は、ひどく震えて聞き取りづらいものでした。

「ありがとう殺香。これからもよろしくね」

それでも六美様は、笑顔で応えてくれました。

「うわぁあああん、うわぁああああん」

私はあるふぁ坊ちゃま、ひふみ嬢さま以上に泣き声を上げてしまいました。

アイさんと六美様に背中をトントンしてもらいながら、私はずっと、ずっと、嬉しくて泣いていました。


『こんなに泣いたのはいつ以来でしたでしょうか。

夜桜家の大切な瞬間にご一緒できる。これ以上に嬉しいことはありません。

私がひふみ嬢さまとあるふぁ坊ちゃまに触れるのを避けていたことはバレてしまいましたが、結果的に「お二人を守る」という覚悟を新たにすることができました。

いろんな方の支えによって技術を見直したことで、自分の恐怖心を乗り越える準備ができたのだと思います。

帰宅後には太陽様にも褒めてもらいましたし、「夜桜家ひふみあるふぁ成長報告グループ」では、皆様から「羨ましい」と「おめでとう」をいただきました。

しかし、スーパー抱っこマスターの道はまだ険しいと思います。もっとお二人を包むよ

うな抱っこができるように、引き続き技術を磨き、フィジカルとメンタルを鍛えていきたいと思います。

そして、六美様と太陽様を支えながら、成長していくひふみ嬢さまとあるふぁ坊ちゃまをお守りしていく所存です。

これは、夜桜さんち観察日記、ひふみ嬢さまあるふぁ坊ちゃま成長記録。

きっとずっと続く、夜桜家の素晴らしい日々で、無数につづられる中のかけがえのない一冊です。

そのすべての瞬間に、殺香もご一緒できればと、そう願うのでした』

一家集合お年越し

Mission:
Yozakura Family

夜桜《よざくら》邸のリビングでは、大晦日《おおみそか》特有の空気が流れていた。

師走《しわす》という言葉の通り、十二月は夜桜家も慌ただしく過ごしていた。年末といえば大掃除。殺香《あやか》がメイドとしてよく働いてくれているのに加え、兄弟で分担もしているが、夜桜邸の広大な敷地を掃除するのは並大抵のことではない。年末は普段なかなか手を付けられないところを綺麗《きれい》にするため、一か月に及ぶ清掃計画のもと、大掃除が実行される。

また裏社会でも大掃除は行われる。年内に面倒事を片付けたいと考える組織は多く、夜桜家への仕事の依頼も増加するのだ。

そんなわけで毎年のごとく忙しい十二月となった夜桜家の面々だが、大晦日ともなれば、仕事納めも、家の大掃除も済んで、穏やかなものである。

時刻も十時を回り、今年も残すところ二時間を切った。ひふみ、あるふぁ、アイさんの子供組はもう就寝している。

十二月の、いや、一年の緊張が緩んで、けれど、新しい年への期待感に落ち着かないような感じもする。この感じは、大晦日にしか味わうことができない。

「だから私、大晦日って好きなのよね～」

ソファに太陽《たいよう》と並んで腰かける六美《むつみ》が、しみじみと言った。

それを聞いて隣の太陽が笑う。

「毎年言ってるな」

「そうだっけ？　もう太陽と過ごす大晦日も五年連続だもんね」

「いや、結婚前から言ってた」

「あれー？」

六美は少しはにかむ。自分が自覚していない部分を指摘されると、恥ずかしさとともに、自分をよく見てくれているなという嬉《うれ》しさがあった。

「でも、毎年太陽とは過ごしてるけど、みんなとは久しぶりね」

若干話を変えながら、六美はリビングダイニングを見渡す。五年ぶりに集まった兄弟たちが、思い思いに過ごしている。

「みんな二十歳《はたち》を越えたんだよな。改めて俺たちも大人《おとな》になったって感じがする」

「そうね。……せっかくだから、みんなとの大晦日を楽しまなくちゃ」

六美は立ち上がると、ローテーブルに置いていたグラスを手に取った。

「あるふぁもひふみも寝たし、大人の時間だな」

太陽も賛成し、二人は兄弟たちの方へ移動した。


ダイニングテーブルを挟んだ二刃《ふたば》と辛三《しんぞう》が、丸皿にあけたあられやせんべいをつまんでいた。

「ああ、二人ともお疲れ様」

やってきた妹夫婦に気が付いた二刃と辛三が椅子を引き、それぞれ六美と太陽が隣に座る。二刃があられの載った皿を二人の方に差し出すと、六美は柿の種を一粒手に取った。おつまみにはちょうどいい。

「ありがとう。二刃お姉ちゃんはお茶？」

二刃の手には湯気の上がる湯呑《ゆのみ》があった。二刃はため息とともに答える。

「ああ。酒もこの五年で何度か慣れようとしたんだが、どうしてもねえ。飲むたびに修羅《しゅら》とバトルになるもんだから、辺りが更地になったもんさ」

しい。

　修業期間中、二刃はあしゅらグループＣＥＯで金級《ゴールドランク》スパイの修羅と秘湯巡りをしていた。湯上がりにお酒をゆっくり……なんてことは、酔うと笑いながら暴れ出す二刃には難しい。

　アルコールが入って手が付けられなくなった二刃に付き合える、数少ない存在が修羅だが、金級スパイ同士がぶつかれば、周りの被害は避けられなかった。

「味は好きだから、いつか強くなって浴びるように飲みたいんだけれど」

　二刃がため息をつく。すると、隣からズビ……と、鼻をすする音がする。

「うぅ……姉ちゃん……可哀想《かわいそう》……」

「辛三兄さん⁉　どうしたんですか」

　突如さめざめと泣き始めた義兄に、太陽が驚く。慌ててティッシュを渡すと、辛三はおとなしく鼻をかんだ。しかし、涙は止まらない。

「どうやら辛三は泣き上戸だったみたいでねえ。酒を飲んだらこうなった」

「本当はお酒を飲みたいのに飲めないなんて……なんて悲しい運命《さだめ》なんだっ……」

「二刃姉ちゃんとは反対だね……」

大きな身体《からだ》で背を丸める辛三を見て、苦笑する六美。しかし、辛三の普段の性格を思えば、なんとなく納得できるとも思った。

「あんたたちは笑い上戸と泣き上戸どっちなんだい」

「いや二択じゃないから。そんなに飲まないけど、こうはならないかな」

「俺もですね」

「なんだいこっち側じゃないのか。寂しいね」

二人が答えると、二刃は少しだけ悔しそうな顔をした。

しかし、その表情は冗談で、すぐに穏やかな笑みを見せる。

「でもそうか。二人もそんな歳《とし》になったってことなんだねえ」

二刃は遠い目でお茶を一口すすった。

「覚えてるかい？　スパイ協会内にバーがあってね。父さんと母さんも時々行ってた」

「うん。結婚記念日のワインを手配してくれたところでしょ？」

六美が答える。太陽も頷《うなず》いて相槌《あいづち》を打った。

「父さんたちが協会で用事を済ませている間、開店前のバーであたしらを預かってもらうことがあってね。そのたびにみんな、大人の真似《まね》してお酒を飲みたがったものさ」

「あー懐かしい！『パパとママには内緒』ってカクテル飲ませてもらったな～」

「えっ、スパイってその辺も無法地帯なの」

未成年飲酒は法律で禁止されている。それ以上に、脳や身体への悪影響が大きい。大事な六美の身体を案じて、太陽は顔を青くした。

しかし、六美は笑って否定する。

「いやいや。そこはちゃんとしてたよ。騒ぐ私たちをおとなしくさせるために、ノンアルコールのカクテルを作ってくれたの。ただのジュースだったんだけど、キラキラした見た目で、おしゃれなグラスに入ってて、すっかり大人の仲間入りしたつもりになってた」

それを聞いて太陽は表情を和らげた。

「六美の両親が預けるだけのことはあるな」

「俺たち本物のお酒と勘違いして……恥ずかしいっ……」

泣き続ける辛三の背を太陽がさする。

「あたしはジュースって知ってたけど、下の子たちが静かになるように合わせてたよ。まさか自分が飲めない体質だとは思ってなかったけどね……」

「そうなんですね。うちは母親が看護師だったので、丁寧に飲んじゃいけない理由を教えてくれたんです。だから、俺も弟もお酒に憧れたりはしなかったなあ」

「……素敵なお母さんね」

優しい空気が流れる。

すると、辛三が鼻をすすってから話し始めた。涙目のままながら、ひっくひっくとしゃくり上げるような泣き方は収まってきている。

「うちも……母さんが止める係だったな。父さんはたまにふざけて『一口だけ』なんて言ってたけど……」

「あれで父さんも、本当に飲ませる気はなかっただろうね。冗談がよく空回りする人だったから」

二刃によって百《もも》がフォローされると同時に貶《けな》されてもいた。誰も咎《とが》めることもなく笑う。

一名違う理由で泣いている者がいるが、みな落ち着いた気持ちで故人を偲《しの》んでいた。家族を喪《うしな》っても、こうして思い出して話題にすれば、傍《そば》にいるような気持ちになれる。

「そんなことを言ってたあたしたちが、こうして全員大人になって、揃《そろ》って新年を迎えられている。平和には程遠い夜桜家で、こんなにありがたいことはないね」

酒を飲んでいない二刃の瞳も、潤んで揺らめいていた。

「……あたしも歳だから、涙腺が緩くなっていけないねえ」

「ううぅ……わかる……これ……」

ティッシュ箱を抱えるようにして独占状態だった辛三が、二刃にティッシュを数枚取って渡した。いつの間にか、辛三はまたせぐり上げるような泣き方になっている。

そんな辛三の手を太陽が、二刃の手を六美が取った。

「大丈夫ですよ。来年もまた二人が安心して泣けるような、平和な大晦日にしてみせます」

「そしていつか、ひふみとあるふぁにもこの話をしてあげてね」

二刃と辛三は、二人の手を握り返した。

それから二刃と辛三はまた思い出話を始めたが、この調子ではすぐに年が明けてしまいそうなため、六美と太陽は席を離れた。


「おい嫌五《けんご》。そろそろＣＭ明けてるだろ」

「えー？　これ気になるからこのまま見ようぜ」

「はあ？　話が違う。リモコン返せ」

「嫌でーす。さっきまで四怨《しおん》に合わせてたんだから少しくらいいいだろ」

九十インチの大型テレビの前では、四怨と嫌五が何やら言い合いをしていた。今画面に流れているのは、バラエティの年末特番のようで、芸能人がテーマパークの中で様々な企画に挑戦している様子が映っていた。

「ちょっと二人とも、喧嘩《けんか》しないの」

嫌五と四怨の言い争いを見兼ねて六美が仲裁に入る。六美の指示で太陽はリモコンを取り上げた。

二人は口を尖《とが》らせる。

「あー！　太陽がリモコン取った！」

「俺たちが後衛組だからって、暴力に任せて黙らせるのは違うだろー」

「この五年間の修業はこのためだったのかぁ？」

「ひどい言われようだな……」

やいのやいの言う二人の冗談に太陽が苦笑する。単純な戦闘能力では太陽が上回っているが、兄妹《きょうだい》間でのパワーバランスという意味では、変わることがない。

「二人とも、太陽をいじめないで。それで？　何の喧嘩？」

「見ての通りだよ、仲良し姉弟《きょうだい》の番組の取り合い」

六美の質問に、四怨が両手を上げるようなしぐさを見せた。

「あたしはアスレチック番組『ＨＡＮＺＯ』が見たいんだ。年末に北極で生放送する気合の入った番組で、天然のそり立つ氷河を、『越えられるか』と『崩れないか』の二重のスリルでハラハラするのが醍醐《だいごみ》味なんだ。それに、ケンヂの親父《おやじ》も出てるしな。応援してやんねーと」

「さっきセカンドステージクリアしたんだから、次の登場はまだ先だろ？　それまでは『ドッキリ天国《てんごく》』見ようぜ。裏社会の重鎮たちがいろんなドッキリにかけられて、最後にはガチの機密情報が流出するから必見」

「放送後にどうせスパイネットニュースになるんだからいいだろ」

また言い合いになる二人。一般社会の感覚が抜けきらない太陽には、どちらも変な番組に思えた。

ともかく、二人の言い分を聞いても、「二人の見たい番組が違う」というどうしようもない事実があるだけだった。

六美はため息をつく。

「そんなに言うなら、自分の部屋で見たいの見ればいいじゃない」

しかし、その発言を聞くと、四怨と嫌五は急に目を逸《そ》らし、歯切れが悪くなった。

「それは……なんか違うっていうか……」

と四怨が言うと、

「……まあ、せっかくの大晦日だし？　ちょっとくらいなら合わせてやらないこともないかなーって」

と嫌五も続いた。

普段は思い思いに過ごしている兄弟たちだが、大晦日という年に一度の時間は、みんなのいるリビングに居たいという心理がある。数年ぶりとなればなおさらだ。

六美もそれは承知でわざと言ったのだった。太陽へのいじわるの仕返しというわけだ。

嫌五が観念したように、手を上げて発言する。

「ああ、じゃあ多数決！　太陽と六美は何見たい？」

ここがチャンスと見て、二人はそれぞれ自分が見たい番組をアピールする。

「ＨＡＮＺＯだよな？　太陽もケンヂの親とは顔見知りだろ？」

「ドッキリ天国だろ。昔一緒に潜入した悪握組《おにぎりぐみ》も出るらしいぞ」

二人は太陽に顔を近づけ、圧力をかけた。

「「さあ、どっち？」」

「うーん。ふつうに『紅白歌《こうはくうた》バトル』かな」

太陽は圧に屈することなくさらっと答える。その一年で活躍したアーティストたちが、紅組と白組に分かれて声量を競う番組である。「声が大きければ勝ち」というわかりやすさから、十年以上連続で、大晦日番組の視聴率ナンバーワンを獲得している。

四怨と嫌五は二択の外の選択肢を出され、肩を落とした。

「王道だな……いやわかるけど。じゃあ六美は？」

嫌五が六美からも意見を募る。

「私は『無毒《むどく》のグルメ』かな」

「あー、食べ物系か」

「ちょっと、どういう意味？」

嫌五の感想に、六美は頰《ほお》を膨らませた。

「無毒のグルメ」は、一人の毒使いが、毒見と称しておいしいご飯を食べまくるドラマだ。豪華な年末番組が並ぶ中、低予算の独自路線ながらコアなファンが多く、今年で十二年目の放送になる。

しかし、これで多数決でも決まらなかったということになった。

「完全にバラけたか」

ため息とともに、四怨が立ち上がった。

「仕方ないな。ここは実力行使で決めるしかねえ」

嫌五も立ち上がって腕を回す。

「ちょっと、暴れないでよ」

六美が釘《くぎ》を刺すと、二人は人差し指を左右に振ってチッチッチと舌打ちをした。

「そんな野蛮なことはしないぜ。言うだろ？　運も実力のうちって。つまりやるのは……くじ引きだ！」

嫌五は割り箸で作ったくじを取り出し、ニヤリと笑った。

そして、選ばれたのが。

「……まあ、なんだかんだ年末は紅白だよな」

そう言って、四怨は寝ころびながらポテチを口の中へ放り込んだ。

「俺、別に紅白じゃなくても大丈夫だけど」

選ばれた番組の推薦者である太陽が、気まずそうに頬を掻《か》いた。

爪の手入れをしながら、片手間にテレビを見る嫌五が答える。

「いいんだよ。実際のところ、番組なんてなんでも」

「そうそう。事後配信だってあるしな。みんなでだらっと見るのが大事なんだから」

結局、四怨と嫌五も本気でチャンネルを取り合っていたのではなく、じゃれ合っていただけなのだ。

それがわかって、太陽と六美は顔を見合わせて微笑《ほほえ》んだ。

ポテチを食べきった四怨が、パッキーを開ける。二本取ると、嫌五にもシェアした。

「しかし、今年は白組が圧倒的だな。低音の支え方に差がありすぎる」

「わかってないな四怨。紅組のラス林《ばやし》ボス子《こ》がまだ本気を出してないだけだ」

「…………」

「…………」

二人は同時に立ち上がった。

「おお、いい度胸だ嫌五。どっちが勝つか賭けようじゃねえか」

「いいのか四怨。大事な大晦日を負けで終えることになるぞ」

またじゃれ合いが始まったので、太陽と六美はそっとその場を離れることにする。

「二人は置いておいて……飲み物取りに行こうか？」

六美は空になったグラスを示しながら言った。

六美に誘われ、太陽はキッチンへ向かった。


キッチンには、七悪《ななお》と殺香が立っていた。

最近の夜桜家のキッチンにはカウンターテーブルが設置され、背の高いスツールとともにバー風にまとめられている。

「太陽兄ちゃん、六美姉ちゃん。おかわり？」

「うん。オススメある？　甘い系のカクテルで」

「俺も同じのを」

太陽と六美は席に着きながら、まるでバーテンダーに注文するかのように言った。七悪もそれに合わせ、まるで接客するかのように恭しく答える。

「かしこまりました。それではイチゴのホットカクテルをお作りいたします」

「ふふ、とっても似合ってるわね」

カウンターの向こうの七悪は、大柄の変異モードだが、白衣ではなく、白いシャツに黒いベストを身に着けていた。

「えへへ、ありがとう。いつもの白衣だと、お酒じゃなくて怪しい薬を作っているみたいに見えちゃうからね」

「はは、確かに。……ちなみに飲んで大丈夫なやつだよな?」

太陽は心配になり、念のため尋ねる。

「大丈夫だよ……多分」

「多分って言った!」

「いやあ、毒なのかアルコールなのかって曖昧で」

照れ笑いする七悪。そこに、傍でグラスを磨いていた殺香が立候補した。

「ご心配でしたら、殺香が毒見させていただきますわ」

殺香はいつものメイド姿だが、バーテンダーの装いの七悪と並ぶと、より給仕係のような感じが強まった。

「主《あるじ》の安全を確保するのも従者の務め。たとえこれでこの身が朽ち果てようとも、それは本望……！」

右手を胸に当て、歌うように左手を掲げて、自分の世界に酔いしれる殺香。しかし、そのうちになぜか涎《よだれ》が垂れてきた。

「ち、ちなみに……グ、グラスに毒が付着してるかもしれませんから……ぐふっ……同じグラスの、同じ飲み口で、ぐふっ……毒見いたします」

殺香の目が焦点を失い、血走り始める。

「太陽様、六美様との不可抗力の間接キ、キ……ああっだめっ！　だめです！　殺香には刺激が強すぎますわ！」

耐えきれなくなった殺香が妄想を中止する。その目には、悔し涙が浮かんでいて、六美は彼女の頭を優しく撫《な》でた。

結局毒見は諦め、七悪のことを信じることになった。万が一のことがあっても、七悪ならすぐ解毒薬を作ることが可能である。

七悪はシェーカーやメジャーカップではなく、フラスコやメスシリンダーでカクテルを作っていく。道具こそバーテンダーではなく研究者だが、その手つきは淀《よど》みがなく、見ているだけでも飽きない。

そんな様子を見て、六美が尋ねた。

「七悪はお酒好きなの？」

七悪は作業を止めずに答える。

「うーん、アルコールは身体が瞬時に分解しちゃうから、よくわからないんだよね。『普段飲んでるの』と比べると、刺激が足りないというか」

「俺たちも刺激目的で飲んでるわけじゃないぞー」

太陽の優しいツッコミが入る。

「でもカクテルは好き。薬を作ってるときの考え方を応用できるところがあって、意外と奥深いよ。最近は『人はどこまでを飲み物と呼べるのか』が研究テーマなんだ」

「わあ。聞けば聞くほど、作られるカクテルが不安ね」

そう言いながらも六美は笑顔のままだ。超人的な肉体を持つ夜桜の人々は、特化した七悪でなくとも、一般人より毒に耐性がある。しかし、兄弟で唯一、六美にはそういった耐性がない。

それでも六美が動じないでいられるのは、育った環境によるものだ。一般家庭出身の太陽の方が、金級スパイとなった今でもツッコミを入れていることが多い。

七悪がカクテルを作っている間、手の空いた殺香が冷蔵庫を開ける。

「毒見の代わりに、おつまみを用意させていただきますわ」

「ああ……。そうね、お願い」

六美は笑顔で頷く。しかし、チラと時計を確認する六美を、殺香は見逃さなかった。

そして、サッと耳打ちする。

「大丈夫ですわ。糖質の低いナッツ類にいたします。この時間でもお腹につきにくいので食べても問題ございません」

「……ありがとう殺香。でもいいのよ」

殺香は男性陣に聞こえないよう気遣ったが、六美は普通に答えた。

「なぜなら今日は大晦日。今年もこれで終わり。年内に摂取したカロリーは来年には持ち越されない。つまり……ノーカン！」

はっきりと、一切の曇りのない真っすぐな目で、六美は宣言する。

「流石《さすが》六美様。そこに目をつけるとは、この殺香、一生ついてまいります」

その凛々《りり》しさに、殺香は胸の前で祈るように手を組んだ。感動の涙が頬を伝っている。

「……というわけで、いい？　太陽」

「全然いいよ。俺は六美が笑顔でいられるように支えるだけだからさ」

「太陽……！」

「兄ちゃんかっこいい～」

夫婦のキラキラ寸劇に拍手が起こった。

「万が一があっても、六美様の体型を毎日記録している殺香が、理想の体型になるようサポートさせていただきますわ」

殺香はサッと手帳を取り出した。

「どんな六美様でも素敵ですが、六美様のなりたい姿が、理想の六美様ですから」

「うん、よろしくね殺香」

六美はそう言って、おつまみにチーズを選んだ。

すると、ちょうど七悪が作っていたカクテルも完成する。

「はい。イチゴのホットカクテル」

「わあ、綺麗……！」

短いステムがあり、取っ手のついたホットグラスには、ルビーのような鮮やかなカクテルが注がれていた。スライスされたイチゴとミントの葉がグラスのふちに添えられている。

「薬だと気にしないけど、カクテルは見た目も大事だからね」

「七悪、センスあるなあ」

太陽が褒めると、七悪はバケツの頭を照れくさそうに掻いた。

その時、七悪のスマホに着信が入る。七悪は画面を確認し、電話に出た。

「もしもし、北里《きたさと》さん？」

『もしもし七悪君？　聞いてよ、ホッキョクグマの親子がね……』

聞いたことのある声がキッチンに響いた。七悪は慌ててスマホを操作した後、スマホのマイク部分を押さえて、六美たちに声をかける。

「間違えてスピーカーにしちゃった。ちょっと向こうで話してくるね」

そう言って七悪は小走りでキッチンから出ていった。

その背中を見送る六美が口元を緩めた。

「高校卒業後も連絡取ってるのね」

電話相手の北里りんねは、七悪の高校時代の同級生だ。五年の時を経て、今は大学生になっている。

「生物系の研究室に入って、今年はフィールドワークしながら年を越すんだって」

幽霊部員だったが、太陽の所属していた生物部の部長でもあった。

「いつか、彼女もうちで年越しすることがあるかもね」

六美は、そう言っていたずらっぽく笑うのだった。


「みんなー。年越し蕎麦《そば》できたってさ」

「ゴル」

年が明けるまで一時間を切ったころ、二刃が声をかけた。

「ゴルッフン」

濃紺の和帽子を被《かぶ》ったゴリアテが胸を張る。

「今年は気象条件が良かったから豊作だったんだって」

自慢げな様子を六美が通訳した。

夜桜家ではゴリアテが秘密の畑で蕎麦の栽培から行っている。石臼《いしうす》までも自作で、その石臼で挽《ひ》いた蕎麦粉を八割、厳選した業者から仕入れた小麦粉を二割の二八蕎麦。食感とのど越し、風味のバランスが絶妙な珠玉の一品。毎年変わる蕎麦の出来に合わせて細かく調整する職人技は、夜桜家でもゴリアテだけが会得している。

リビングのテーブルに人数分のかけ蕎麦が並んだ。ネギ、わかめ、揚げ玉、大根おろしなどの様々なトッピングがセルフで載せられるように別皿に盛られる。すでに夕食を食べた後のため、海老天《えびてん》や鴨《かも》などのインパクトのある具材はないが、これだけの種類があれば、満足感も十分だ。

「やっぱこれを食べないと一年を終えられないよな。いただきまーす」

嫌五が口火を切り、みんな手を合わせて蕎麦をすすり始める。小気味よいズズッという音が次々と鳴っていた。

「今年のは一段と香り高いね」

「ゴルルッゴルゴル」

「なるほど。またこだわりが増したね」

ゴリアテが今年の蕎麦のポイントを語ると、二刃が興味深そうに頷いた。

ゴリアテに賞賛の声が送られる中、六美は隣に座る凶一郎《きょういちろう》に声をかけた。

「凶一郎兄ちゃんもありがとうね。薬味とトッピングの用意」

「六美のためだからな。冬の寒さも何のそのだ」

リビングで皆がくつろぐ中、薬味の準備含む、ゴリアテの手伝いをしていたのが凶一郎だった。元々は毎年兄妹での持ち回りで行っていたが、修業をはさんだ今年はリセットしてまた凶一郎の番になったのだった。

「どうだ六美、俺がおろした大根は。鋼蜘蛛《ハガネグモ》で繊細にきめ細かくおろすことで口当たりは柔らかく、細胞の破壊を極力抑えることで辛味も感じにくく仕上がっているはずだ」

「うん、ふわふわ」

「よし！　よしよしよーし！」

凶一郎は両手の拳を突き上げて喜んだ。

「本当においしいです、この大根おろし。ありがとうございます」

「お前に食わせるためじゃない。おいしくても感謝するな」

眉をひそめ、太陽の感謝は受け取らない凶一郎だった。それでも太陽は曖昧に微笑んだ。

年越し蕎麦はあっという間に各人のお腹の中へ平らげられ、一段と弛緩《しかん》した空気が流れる。あとは日付が変わるのを待つだけ……ではないのが、夜桜家の大晦日だった。

六美が立ち上がり、注目を集めるように手を二回叩《たた》いた。

「じゃあ時間もちょうどいいし、お待ちかね……凶一郎兄ちゃんへのプレゼントたーいむ！」

六美の声に呼応して、まばらに拍手が起こる。辛三や七悪、太陽は真面目《まじめ》に手を叩き、その他は数回で終わる。

一番手を叩いていたのは、凶一郎本人で、花吹雪《はなふぶき》まで散らしていた。

拍手が収まると、四怨が頭を掻きながらぼやいた。

「毎年のことだけど、一月一日の凶一郎の誕生日を今日祝うの、違和感あるんだよな」

六美が答える。

「まあまあ。年明けのお祝いと、誕生日のお祝いがまとめられるのが嫌だって言うお兄ちゃんの言い分もわからなくはないし」

そこに凶一郎が補足する。

「年が明けると、お年玉をせがまれるしな」

「もらったお年玉の一部でプレゼントを買ったこともあったなあ」

嫌五がいい思い出かのように語る様から、元日が誕生日の長男の苦労が垣間見られた。

「まあ皆もう成人したし、お年玉をあげることはないだろうが」

「えーそんなこと言うなよ、お兄ちゃん」

「そーだぜ、おにーちゃん♡」

猫撫で声でねだる嫌五と棒読みの四怨に、凶一郎は険しい顔をした。

そんな彼らを置いて、六美が仕切りを続ける……が。

「それじゃあ……」

「待ってくれ」

言いかける六美を、凶一郎が制止した。その顔はいささか青い。

「六美は最後にしてくれないか。五年ぶりに直接もらうプレゼントだ、おそらく正気を保てん……。他の弟妹《きょうだい》のプレゼントをないがしろにしたくないんだ」

息を荒くしながら、自らの腕を抱くその姿は、まるで内なる獣を抑え込むようだった。

いや、そのものといっていい。

「はあ。じゃああたしから行くよ」

呆《あき》れたため息交じりに二刃が言った。以後、年齢順に、プレゼントを渡していく。

結婚記念日のプレゼントで競い合う文化がある夜桜家だが、誕生日については平和条約が結ばれており、予算と手作りにかける時間の上限が決まっている。

特に凶一郎へのプレゼントは、ホワイトデーよろしく、お年玉三倍返しを暗に要求することに繋《つな》がりかねない。

そういうわけで、みな落ち着いた様子で、ネクタイ、ハンカチ、紅茶などささやかなが ら相手を想《おも》ったプレゼントを手渡す。万年筆を贈った太陽だけは嫌な顔をされていたが、どのプレゼントも凶一郎は大喜びだった。

そして最大級の喜びの爆弾が回ってくる。凶一郎は冷や汗と震えが止まらなかった。

「く、来るのか……待ってくれ、心の準備が……」

「そんなこと言ってたら年が明けちゃうでしょ。はい、じゃあ私からはこれね」

身構える凶一郎に対し、六美はもったいぶらずにさらりと黒い箱を渡した。

「これは……」

六美が凶一郎にプレゼントしたのは、香水だった。リボン付きの箱に入っていたそれは、色付きのガラスを四角く加工したボトルに、メタリックなキャップが付いている。

ボトルデザインからシックな雰囲気が演出されており、大人の男性をターゲットとした香水であることがわかった。

「ほら、七悪を迎えに行ったとき、嘘《うそ》だったけど、ひふみたちに加齢臭を指摘されて落ち込んでたでしょ？　おまけに変な香水自作してるし……。だから、これ使って」

凶一郎が今使っているのは、自家製香水「六美肌《むつみはだ》」だ。製造方法はここでは伏せる。それを使わせない意味もなくはないが、凶一郎に合うものをと、六美が厳選したものだった。

「むつ……むつみの……プレゼント……」

凶一郎は、その手の中の香水を穴が開くほどに見つめる。香水を持つ手は震え、言葉は意味を成すギリギリのところだ。

「……か、かはっ」

そしてついに、気絶。喜びに耐え切れず、凶一郎は床に倒れ込んだ。薄れゆく意識の中でも、香水はしっかり胸に抱いて守っていた。

「喜んでもらえてよかったな」

喜び方の異常さにはツッコまず、太陽は顔をほころばせた。

倒れた凶一郎は、二刃がソファに移動させる。

「お邪魔虫もいないことだし、二人で二年参りに行っておいで」

ついでにそんな提案を残して。


「二年参りなんて久しぶりね」

マフラーに首をうずめながら、六美が言った。

ピンと張った冷気が、夜の闇を満たしていた。気温は低いが風はなく、過ごしやすい大晦日だった。

太陽が去年の今頃のことを思い出しながら答える。

「そうだな。うちの子は成長早いけど、それでも夜に外出するにはまだ小さかったし」

逆にいえば、この一年の急成長ぶりには目を見張るものがあった。

「そうね。去年まではお家でこたつで年越しだったものね。……って、あれがもう一年前なのね」

「時の流れが早すぎて怖い……」

二人してぞっとする。しかし、二人とも笑顔のままだった。

「ところで手が寒いなあ。ねえ、太陽はそう思わない？」

「……ああ。うん、寒いな」

太陽は六美の意図を察してはにかむと、右手で六美の左手を取った。そしてその手を上着のポケットに入れる。

「そうそうこれこれ」

六美は満足そうにポケットの中の手を何度も握ったり緩めたりした。

夫婦二人、夜の道を歩いていく。

会話に花を咲かせ、手を繋ぎながらも、太陽はもう一方の手を自由にし、いつでも六美を守れるようにしている。大晦日、流石に今夜は夜桜家当主を狙う者の影もない。それでも太陽はそうする。それは太陽の愛だ。

静かで、平和な夜だった。

しばらく歩いて神社が近づいてくると、赤っぽい光が見えてきた。この辺りでは一番大きな神社なこともあって、結構な数の屋台が出ている。

「じゃあ、今日は欲望解放だー！」

六美は握った手を放し、太陽の腕を引っぱって、屋台へと走り出した。そのテンションに太陽は笑みをこぼす。

「さっき年越し蕎麦でお腹いっぱいって」

「屋台は別でしょ。おでんに、甘酒に、もつ煮に、あ、チョコバナナもある」

「あの陳列じゃ凍ってそうだな」

「それはそれでおいしそう……！」

六美は目を輝かせた。

そのとき六美の脳内に一瞬よぎる、カロリーの四文字。しかし、六美はすぐに振り切った。

「知ってる太陽？　元旦は除夜の鐘が煩悩を打ち消してくれるから、何食べてもノーカンなの」

「はは、六美は物知りだなー」

何でも許しちゃう夫の微笑みで、二人の間には和やかな空気が満たされた。

いっぱいの食べ物を確保し、参拝の列に並んだ。年明けまではもう少し時間がある。しばらく列が動くことはなさそうだった。

冷めないうちにと、あつあつのおでんを二人で食べながら、今年一年を振り返っていた。

「今年は兄妹も揃って、『夜桜さんちの大作戦』もあって、大変な一年だったわね。太陽が旦《あさ》に乗っ取られちゃったりとか……」

「あれはキツかった……。けど俺はこの一年、楽しいとも思ったよ。ひふみとあるふぁがいるから気付かなかったけど、やっぱりみんながいた方が賑《にぎ》やかだなって。旦の件解決したし、いいことの方が多い一年だった」

「そうね。……あーあ、これで一段落……と思いたいけど、なんだかんだ来年もきっと落ち着いてはいられないんだろうなぁ……」

六美は遠い目をした。

「それも夜桜家の宿命か。でも、それを乗り越えちゃうのも夜桜家だろ？」

太陽は希望に満ちた目で星を眺める。そして、そっと六美の手を握った。

「試練はあるけど、それだけじゃない。来年には、ひふみやあるふぁも遅くまで起きていられるようになっているかもしれない。そうしたら一緒に年越し蕎麦を食べて、初詣《はつもうで》をして……」

そうやって太陽が未来を語るのを聞いて、六美も希望とともに夜空を眺める。そして、未来を空想する。

「家族もまだ増えるかもね。兄妹の誰かも結婚するかもしれないし」

「誰がするかな？」

「辛三兄ちゃんとか？　ある意味直前までは行ったんだし」

「あれをカウントするのは可哀想だな」

太陽は苦笑した。

「そんなこと言ってたら、ひふみとあるふぁもあっという間に成人しちゃいそう」

「怖さ半分、楽しみいっぱいだな」

その言葉に、六美は吹き出す。

「あはは、あふれてるじゃん。太陽、ポジティブになったね」

「俺も一家の大黒柱だからな。みんなを引っ張っていかないと」

「そうね、頼りにしてる」

結婚前、人を恐れていた太陽。その太陽が、六美の指輪を受け取ったあの日から、月日は流れ、太陽はこんなにも変わった。それまでの太陽が想像もしていなかった世界が待っていた。これから先も、予測のつかない日常が待っているのだろう。

「二人が大人になったり、兄妹が結婚したりして家を出るときが来ても大晦日は今日みたいに集まってさ。まったり過ごしたり騒いで過ごしたり……、みんなでお酒を飲む日も来るのかも」

「私も太陽もお酒飲める体質で良かったよね。結婚記念日に父さんと母さんからもらったワインが楽しみ」

結婚八十五年を祝うワイン婚式のため、六美の両親が用意し、凶一郎が一年目の結婚記念日に贈ったワインは、今も大切に保管されている。

「まだ八十年くらいあるのか」

「まだまだ楽しいことばかりね？」

「ああ、そうだな」

これからも長い人生が続く。期待は膨らむばかりだ。

すると、列の前の方から、カウントダウンの声が聞こえ始めた。

「お、もうそんな時間か」

太陽が時計を確認する。日付が変わるまでもう何秒もない。

「よん！」

六美は迷うことなくカウントダウンに参加した。その後の目配せに太陽は微笑む。一緒にやろうということだ。

「「さん！」」

それは去っていくもの、終わっていくものに告げる別れの挨拶でもある。

「「に！」」

厭《いと》うに構わず進んだ時間は、必ず来る春に、花を咲かせるのだ。

「「いち！」」

そこに繋がれるものがあるのなら、彼らはきっと、どんな時も大丈夫。

「あけましておめでとう、太陽」

「あけましておめでとう、六美。今年も、これからも、よろしくな」

夜桜家の新たな一年が始まる。

権平ひつじ

2011年、『IBIS』にて第43回JUMPトレジャー新人漫画賞佳作受賞。
2019年、「週刊少年ジャンプ」にて『夜桜さんちの大作戦』連載開始。
そのほかの作品に『ポロの留学記』など。

電気泳動

2021年、『今週の死亡者を発表します』にて第7回ジャンプホラー小説大賞銀賞受賞。

同作は電子書籍にて配信中。『夜桜さんちの大作戦』ノベライズシリーズを執筆。

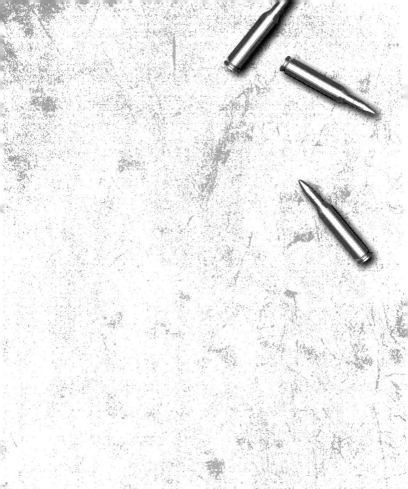

あとがき

なんとなんとの3冊目！！
それもこれも、夜桜本編やこの小説版を
愛読して下さった皆さんと、
素敵な物語を書き下ろしてくださった
電気泳動先生のおかげです。
5年後に入ってからの本編は、
日常の様子や後日談のようなものが
あまり描けなかったので、
まさにその隙間に寄り添ってくれるような
エピソードをいっぱい拝見できて、
僕もとても楽しかったです。
勢い余って、ピンナップ裏面で
太陽と六美が除夜の鐘を
ついてるシーンを描きましたが、
そのくだりは小説にはありません。
僕の妄想がはみ出ました。すみません。
皆さんもこの小説を通じて、
色々想像を膨らませて
楽しんでいただければ幸いです。
改めまして電気泳動先生、
素敵なお話の数々を
本当にありがとうございました！！
そして読者の皆々様、
小説版夜桜さんを読んで下さり
本当にありがとうございました！！

権平ひつじ

あとがき

小説版３冊目も担当させていただきました、
電気泳動です！

そして本編完結おめでとうございます！
最終巻と同時発売という素敵なタイミングで
この本をお届けできるのがとってもうれしいです。

ついに小説版も５年後に突入しました。
本編が５年後に入った時の衝撃が昨日のことのように思い出されます。
この先の展開にワクワク、
この５年後を小説版で描く日を夢見てドキドキ……。
今日まで本当に楽しい時間を過ごさせてもらいました。

本編に小説版の要素を登場させてもらったときも嬉しかったです！
３冊の小説版が、素敵な夜桜さんの世界に
彩りを添えられたのなら光栄です。

最後に謝辞を。
素敵な原作を生み、ハッピーエンドで終わらせてくれた権平先生。
本になるまでを支えてくださった関係者の皆様。
そして何より、この本を読んでくださった読者の皆様。
本当にありがとうございました！

電気泳動

■初出
夜桜さんちの大作戦　ひふみとあるふぁの成長記録編　書き下ろし

［夜桜さんちの大作戦］ひふみとあるふぁの成長記録編

2025年3月9日　第1刷発行
2025年4月8日　第2刷発行

著　者／権平ひつじ ◉ 電気泳動

装　丁／志村香織（バナナグローブスタジオ）

編集協力／株式会社ナート

担当編集／福嶋唯大

編集人／千葉佳余

発行者／瓶子吉久

発行所／株式会社　集英社

〒101-8050　東京都千代田区一ツ橋 2-5-10
TEL　03-3230-6297（編集部）
03-3230-6080（読者係）
03-3230-6393（販売部・書店専用）

印刷所／中央精版印刷株式会社

Printed in Japan　　ISBN978-4-08-703556-8　C0293

夜桜家の知られざる任務

まだまだあるぞ！

ここだけの秘話